AF345693

La noche del zepelín

La noche del zepelín

(Suite en cuatro estaciones)

Norberto Luis Romero

ISBN: 978-84-123206-1-9

Mi agradecimiento a Dina de Tula, coreógrafa.

Para Pilar Pedraza, las gemas.
Para Dieter Balling, ajeno a estos siniestros territorios.

Primera estación

CIGOTO

No había cantado el gallo cuando la gobernanta bajó a las bodegas llevando oculto entre los pliegues del delantal un infiernillo y una candela, moviéndose en las tinieblas de la casa a su antojo, como solo ella sabe hacerlo.

Su hijo aún permanecía en el suelo, desvanecido sobre un charco de sangre, desnudo de cintura abajo. Encendió la candela y el infiernillo y los dejó sobre la mesa. Se arremangó las faldas para no manchárselas, pero no pudo evitar que sus botines de charol se empaparan con el rojo intenso y espeso. Cogió la llave más grande del haz colgado a su cintura, la sujetó por un extremo envolviéndola en un trapo para no quemarse los dedos mientras la exponía a la llama azulada del infiernillo, donde se puso al rojo vivo.

Antes de cauterizar la herida abierta entre las piernas de su hijo, le llenó la boca de trapos para ahogar los chillidos. Se colocó a horcajadas sobre él sujetándole los brazos con sus propias rodillas puntiagudas, y cuando aplicó la llave ardiente, que al contacto con la sangre emitió una especie de chasquido seco, el olor denso de la carne quemada le invadió las fosas nasales hasta embotarle el sentido. El cuerpo del muchacho se resistió convulsionándose con violencia a pesar de su debilidad extrema. Y mientras Draya mantenía apretada la llave contra la carne abierta, brillando con la incandescencia de un ascua, de sus labios delgados brotó una maldición en voz muy baja: «Me arrepiento del nombre que llevas, lo maldigo una y mil veces, pues su significado desató el infortunio en esta casa».

La gobernanta abre las ventanas de par en par dispuesta a renovar el aire viciado y espeso de la alcoba. Defraudada, comprueba que la brisa que viene de las colinas, en lugar de refrescar, recalienta aún más la estancia, y deja caer las ligeras persianas de mimbre que, al menos, crean la ilusión de frescura con sus alternancias de luces y sombras. Enseguida vuelve a su labor junto a la señora.

Apenas cubierta por el camisón de lino, adormecida por la humedad de la resolana y por su desmesurado peso, al que debe sumar el de la criatura que espera, Iris jadea y se ahoga. Está exhausta, le falta el aire, sus movimientos son torpes y dificultosos. Dos enormes almohadones blancos de hilo rellenos de suave plumón de ganso, bordados en azul con las iniciales de los apellidos familiares de su difunto marido, acogen su cabeza húmeda de sudor y forman un hueco aureolado por una mancha rancia y amarilla.

Algo incómodo se gesta en sus entrañas. La gobernanta, que sentada a su lado, aplica una puntada tras otra en la tela adamascada, lo sabe por propia experiencia. Desde el principio intuyó que este sería un embarazo difícil, tal vez movida por sus conocimientos de la naturaleza humana, de un par de elementales leyes biológicas, y por las circunstancias que rodearon la concepción.

Previendo lo peor, aconsejó a Josefa, la jardinera y hortelana, que procurase mantener lozanas todas las flores blancas del jardín, en especial las rosas de la variedad *Butterfly*, de pétalos aterciopelados, cuya corola comprimida permite mantenerlas frescas durante varios días una vez cortadas.

De vez en cuando, mientras cambia la hebra, observa a la señora por encima de las gafas: desde que decidió recluirse, lleva varias semanas sin levantarse del lecho, tendida sobre esas sábanas que a pesar de cambiarse a menudo, huelen a transpiración, a orines rancios y a una mezcla confusa y repugnante de esencias orientales y líquido amniótico a punto de aflorar del vientre hinchado y tenso.

En el octavo mes de embarazo, ante la falta de respuesta de la gobernanta y demás criadas a sus gritos, demasiado débiles para esquivar o traspasar las paredes y llegar hasta lo más profundo de la casa, ordenó desmantelar la red inservible de cuerdas conectada a las sonoras campanillas de bronce que hasta hace poco repiqueteaban en las dependencias de la servidumbre, e instalar la electricidad de la que tanto se hablaba: timbres y algunas bombillas incandescentes en las habitaciones, y también, únicamente por capricho, una potente e historiada farola isabelina en el jardín delantero, junto a la entrada principal.

Gastó una fortuna en transportar el flujo milagroso desde la ciudad: esa hilera de postes delgados y altos en cuyos extremos dos cables paralelos, conducidos a lo largo del paisaje de colinas, profanan el azul del cielo hasta llegar a su egregia mansión, en la que penetran por un tubo de plomo embutido en la fachada principal, lejos del blasón familiar esculpido en lo alto del dintel. Escudo que la había dejado sin aliento cuando, dieciséis años atrás, alzó los ojos hacia él mientras descendía del coche de punto de la mano de su flamante consorte y supo, en aquel mismo instante, que todas las riquezas encerradas entre esos muros le pertenecerían para siempre. Aquel blasón simbolizaba sus anhelos más íntimos, ahora consolidados en la piedra, y sus ojos se entretuvieron largo tiempo descifrando los extraños y carcomidos bajorrelieves de la salamandra, la corona de laurel en campo de gules, la mirada torva del águila imperial de tres cabezas, y los cinco puñales. Cuando regresó del éxtasis y bajó la mirada, descubrió a ambos lados de la puerta dos filas de sirvientas impecablemente uniformadas, precedidas por la figura magra, altiva y rígida de Draya, la gobernanta, y a su lado un hermoso muchacho del que poco después se enteraría por boca de su esposo que se trataba de Asrael, hijo natural de esta, y aunque guapo y fuerte, corto de entendimiento y lascivo por naturaleza; tanto, que su madre procuraba mantenerlo alejado de las criadas a quienes perseguía por toda la casa diciéndoles guarradas, asaltándolas desde los rincones en las oscuridades de los sótanos para sobarles las tetas, subirles las faldas y aprovecharse del menor descuido o falta de resistencia, para toquetearles las piernas, las nalgas y toda anatomía que se interpusiera en el itinerario de sus largos y veloces dedos.

Durante días había vagado boquiabierta por las numerosas y deslumbrantes estancias, embobada ante tanto lujo y exotismo, pasando sus blancas y delgadas manos por la brillante y limpia superficie de los muebles, acariciando los gobelinos y las cortinas de damasco, escrutando con fijeza e incertidumbre la mirada torva de los ancestros enmarcados en tallas de madera sobredorada, mirándose con embeleso y soberbia en los inmensos espejos venecianos, abriendo y cerrando cajones y armarios. Y no tardó en asimilar su nueva condición social como si hubiera nacido con ella puesta y la hubiese mamado desde la cuna. Como su flamante alcurnia le exigía, jamás se dignó a bajar a las dependencias del servicio ni a subir a las múltiples buhardillas diseminadas bajo las amplias y empinadas techumbres de pizarra, y se mantuvo viviendo dignamente en las habitaciones superiores y salones de la planta baja por los que se accede a los jardines principales y a la rosaleda.

Las criadas suben las escaleras acarreando cubos y palanganas de agua caliente, jofainas y aguamaniles desbordantes de líquidos balsámicos, jabones de olor, pomadas alcanforadas o de esencia de eucalipto, toallas enormes, impecables, blancas como la nieve y suaves como pétalos de rosa, cremas y ungüentos para hidratar la piel; polvos de talco y arroz, potingues, coloretes y barras de labios importados de Europa. La señora, a pesar de su estado, exige estar hermosa y —a causa de su insuperable y lejano pasado a cuyo recuerdo retorna de vez en cuando con lastimera remembranza— digna de los escenarios.

Reconforta la tibieza de esas toallas impregnadas en lavanda y azahar. Alivia el olor fresco de los jabones de lima y magnolia, un perfume cuyas ráfagas impregnan la alcoba como un suspiro, la purifican alejando todo rastro de dolor o de sangre.

Nada parece aplacar su sed y bebe constantemente: de tres a cuatro litros diarios de agua, zumos de frutas que exprime Marisa, algunas, como los quinotos, especialmente traídas de países tan lejanos que, a decir de Elisa, apenas figuran en las cartografías convencionales de los atlas que hay en la biblioteca que fue del señor. Bebe y orina todo el día, y por la noche deben disponer los orinales de porcelana de Sèvres blanca ribeteada de azul cobalto a su alcance para que alivie sus hinchazones. Orinar le vendrá muy bien, dice la gobernanta, conocedora de embarazos, interrupciones y partos, experta en tisanas y bebedizos de hierbas salvajes.

La atienden sin proferir una sola queja, casi sin hablar más que los monosílabos imprescindibles de obediencia y cortesía, pero una vez en los bajos de la casa, en sus dominios, se ciñen los riñones con ambas manos y estiran la columna para aliviar los dolores de espalda.

—Mucha escalera hay en esta casa —se quejan entre ellas, cuando la señora y la gobernanta no las oyen—. No hay respiro en una casa tan grande y llena de cosas.

Le dan la vuelta, la incorporan para cambiarle las sábanas y almohadas por otras impecables y olorosas a mirto y manzana, que ya se ocupa la gobernanta de tener siempre en los armarios ramilletes y mondas frescas, y limpian sus heces oscuras sin una protesta, resignadas a su destino de sirvientas, soportando estoicamente olores, malos modos, castigos desmesurados e injustos, las rabietas de la señora que espera a su bastardo, la niña de sus ojos, que nadie sabe cómo se llamará, y que ,según la gobernanta, será hermosa como su madre. «Y será bailarina, y de las más famosas, sí. Y hará carrera en Europa, donde hay personas cultas y educadas que sabrán apreciar su arte en toda su magnitud, no como aquí, que no hay más que ignorantes y brutos».

La señora gruñe o refunfuña:

—Me va a matar... Esta criatura acabará conmigo... Maldita la hora en que me embarqué y crucé el mar durante cuarenta días para venir a pudrirme a este infierno lleno de salvajes y alimañas... Me arrepiento de haber destrozado mi brillante carrera... cuando me hallaba en lo más alto...

—Sí, señora. ¿Le traigo el abanico? ¿Limonada y escarcha de jengibre?

Se le escapa una lágrima.

No se atreven a contrariarla ni a decir palabra, como no sea para preguntar por mera cortesía, qué nombre le pondrá a su hijo del alma. Pero ella lo mantiene en secreto, porque es supersticiosa y cree que revelarlo le traerá mala suerte.

—Todo a su tiempo —dice.

Unas se abocan a acomodar las muñecas esparcidas por la habitación, ponen a cada una en su sitio y les avientan las enaguas de organdí y los vestiditos de seda adamascada, de raso, de brocado; con diminutos cepillos les peinan los cabellos naturales —que serán de muerto, a decir de Octavia—; otras recelan de los ojos de vidrio que se abren y cierran al moverlas, y de los dientes minúsculos de sierra, como de rata, que exhiben diabólicamente entre imperturbables y rígidas sonrisas de porcelana inglesa. El señor había traído del último viaje un baúl repleto de ellas, y también cientos de cajas llenas de piezas diminutas de metal para los mecanismos de sus autómatas. Cuando terminan de ordenarlo todo, se retiran en silencio, porque, como dice Josefa, «no se debe perturbar la paz e ilusión de las madres que padecen el crecimiento de un fruto bendito en sus entrañas».

La señora duerme, aunque sin sueños, con la mente vagando por un blanco espumoso casi transparente, en el que cada velo oculta otro menos denso, y así hasta el infinito, hasta perderse en un laberinto de blancura deslumbrante y sosegada, que no conduce a nada ni a ninguna parte, salvo a una sensación de placidez muy próxima a la muerte. De vez en cuando acuden a su mente ráfagas de imágenes borrosas donde hay faldas al vuelo, remolinos de enaguas esponjosas, el eco de aplausos y vítores, luces de candilejas relumbrantes. Dentro de su vientre enorme, también en silencio, su retoño disfruta de una paz conmovedora, imperturbable... pero sueña, tiene sueños grandiosos: la gloria ciñe sus sienes mientras reposa en lo alto de un trono dorado, altivo, inalcanzable al resto de los mortales. Desde allí vigila, supervisa, y ordena, como su madre; también perdona o ajusticia, como su madre. Su destino está trazado como el de todo mortal, tallado de antemano con un cincel de oro en la dura superficie de una piedra sagrada, imborrable, enigmático...

A intervalos, regidas sus pulsiones por los arbitrarios relojes de su organismo inacabado, la criatura se manifiesta, acomoda su fragilidad y demuestra que está vivo, y que su vida depende de otras, que no puede subsistir por sus propios medios porque no está maduro ni terminado. Sueña con alcanzar todos los anhelos del mundo que su madre no pudo cumplir nunca. Flota a la deriva en las aguas de un océano propio fuera del alcance del mundo exterior, es casi ciego y sordo a cuanto en él ocurre: al dolor, a la tristeza, al llanto. Es dichoso allí dentro, aunque a veces la luz atraviesa las finas membranas de sus párpados y llega a sus pupilas bajo formas extrañas, con tonalidades rosadas que la sangre de su madre tiñe con su laberinto de arterias; a pesar de ciertos ecos desmedidos y confusos que lo irritan, de algunos ruidos cuya naturaleza incierta no alcanza a descifrar, pero que hieren sus blandos tímpanos, de voces y murmullos lejanos que se deslizan como temblores perversos y tergiversan o difaman su nombre secreto.

Los sueños le sirven para evadir todo lo molesto o doloroso que para su desconsuelo y temor se filtra desde afuera a través de la membrana tensa del vientre de su madre, y además le proponen un viaje tornasolado, libre: un vuelo ingrávido, exento de angustia y desdicha, rodeado de blandas y acuosas percepciones. Flota en un mar de paz único... en una extraña sensación de nácar que lo protege, que ahuyenta el filo imperceptible de la noche y suaviza sus cortantes aristas hasta redondearlas. Únicamente hay resabios de inquietud que amenazan rasgar el velo protector y dejar paso a otra luz más intensa, coralina y cegadora, capaz de proyectar sombras, siluetas confusas y agazapadas, que le hacen intuir puños en alto y el filo iridiscente de dagas ocultas, solapadas bajo espesas capas de soberbia, de ingratitud y traición.

Hay un revuelo de sirvientas en los bajos de la casa, un ir y venir enfebrecido y un estrépito de voces que resuena y cuyas ondas se dispersan a lo largo y ancho de pasillos y corredores.

La gobernanta ordena a gritos, empuña la fusta y la hace chascar en el aire con un sonido seco y terrible. Ellas obedecen sin rechistar, se afanan en cumplir sus labores, sudorosas, tiznadas de hollín y oliendo a humo de leña y a frituras. Corren de un lado a otro y tropiezan entre sí, abren y cierran alacenas y armarios, llenan de agua cacerolas y marmitas, vierten aceite y mantecas en las sartenes y lavan vajillas de porcelana china de antiguas dinastías, valiosas como las pupilas de los ojos de la niña que espera entre ayes la señora Iris. Arremangadas y manchadas de grasa y tizne, van y vienen por la casa, suben y bajan escaleras llevando y trayendo bandejas con té de jazmín, jerez, oporto, torta italiana de castañas, *biscuit glasé*, rosquillas de limón, rocas de coco bañadas con jalea de guindas, para la merienda de la señora. Pero en cuanto la gobernanta vuelve la cabeza o se amodorra, Octavia, avinagrado el carácter y correosa de cuerpo de tanto servir, escupe en las bebidas y echa alguna cucaracha u hormiga colorada picante en las ollas, sin pudor ni remordimiento algunos.

—Esto es para *la ar-tis-ta* —murmura entre dientes mientras revolea los ojos bajo los párpados cuarteados por los vahos de lejías y sosa.

Hay un complot secreto, un desorden de elementos naturales que se trastocan como en el engaño que devuelven los espejos, una ligera alteración en las inmutables leyes que sostienen y rigen al mundo, una amenaza urdida en la sombra y humedad de los sótanos, escrita con la sutil caligrafía de las telarañas y el verde ceniciento de los líquenes, y rubricada tal vez con la sangre hirviente de la venganza y el miedo.

Ordena que suban a limpiar a la señora, que ha vuelto a ensuciarse, y hace estallar la fusta en la atmósfera turbia de las cocinas. El timbre eléctrico podría enloquecer a cualquiera, porque si los gritos no pueden traspasar los anchos muros, el misterioso cordel de la electricidad que conduce las invisibles órdenes de la señora, es capaz de horadar las puertas del mismo infierno, y el minúsculo martillo no cesa de repiquetear en las entrañas cóncavas del caparazón de hierro.

Águeda y Elisa, las más jóvenes, vuelan escaleras arriba, saltando de a dos o tres peldaños. Suben de inmediato a lavar a la señora que se ha ensuciado otra vez, que no pudo controlar sus esfínteres dislocados. Llevan palanganas y jarras enlosadas rebosantes de agua caliente y perfumada, jabones olorosos a hierbas y a jengibre, y toallas de hilo profusamente bordadas cuyos largos flecos se enredan a menudo. Corren rumbo a las habitaciones de la señora, donde desde los rincones polvorientos, las muñecas de paño *lency*, papel maché y porcelana, lo observan todo con sus ojos de cristal fino.

Draya se deja caer exhausta en una silla produciendo un crujido de huesos anquilosados, resopla y se seca el sudor de la frente con el pañuelo basto y arrugado que habitualmente lleva en una manga hecho un bollo acartonado por los mocos.

—¡Daos prisa, haraganas! —les grita haciendo un esfuerzo y poniéndose roja de furia, sacando energías de donde no tiene. Hace restallar la fusta débilmente. Percibe la acritud que despide su cuerpo fatigado y tenso: un olor penetrante, mitad adrenalina y mitad aceites rancios y mantecas: un tufo que preludia la decrepitud inminente.

Aceleran sus movimientos hasta el vértigo, hasta desencajarse las articulaciones en el ajetreo impuesto por la gobernanta. Apenas hacen caso a sus suspiros cuando se lamenta de sus achaques, de su mala suerte, de su avanzada edad y su triste destino desde que a la señora se le espesaron los humores y se le agrió la bilis de un verde brillante, que ella conoce muy bien sus vómitos. La ven adormecerse en la silla, sin percatarse de que la fusta se le desliza de la mano al suelo. La cabeza, como una fruta madura, se le cae sobre el pecho acartonado y liso en cuyo interior rechifla un pitido ronco, apenas audible.

Ante la quietud se relajan: aliviadas, distienden los músculos, murmuran, cuchichean y miran a la gobernanta de reojo haciéndose guiños unas a otras, confiadas en la profundidad y consistencia de su sueño. Algunas se levantan las faldas y le muestran el culo redondo, rosado y terso, otras ofrecen un trasero flácido y caído, picoteado de hoyuelos, en el apogeo de la decrepitud. Advertida por los canales secretos del entendimiento, por un instinto que nunca descansa ni se adormece, la gobernanta vuelve en sí, despierta y estalla en cólera.

—¡Ingratas! —recoge la fusta del suelo. Se pone de pie y se abalanza hacia las más osadas, que escapan a su ira corriendo hacia otras dependencias y dando gritos agudos, escondiéndose en las bodegas o en los sótanos más profundos, a los que casi nunca bajan por su pestilencia y frialdad. Draya deja caer el peso de su furia sobre las más inocentes y tímidas, y con la fusta les abre surcos granates en las pantorrillas desnudas y en los brazos.

—¡Así aprenderéis a obedecerme, cerdas! —grita fuera de sí, a punto de desfallecer de cansancio por la debilidad de sus huesos y de sus carnes apergaminadas—. ¡Perras del infierno! —vuelve a gritarles, y extrae bríos insospechados para descargar una vez más el rayo de la fusta sobre las carnes prietas, que se estremecen con cada golpe.

Una vez que ha puesto orden vuelve a claudicar al sopor de la tarde: el peso de la humedad que se cierne en el aire la doblega y sumerge en un sueño denso, rodeada de olores a frituras, adobos, asados y especias. Las muchachas, envueltas en nubes de vapor, continúan las labores; escarmentadas, no se atreven a cuchichear y cumplen lo mandado, aunque lentas y desidiosas, echando miradas furtivas a la gobernanta y enseñándole la lengua de vez en cuando.

Marisa, la cocinera, saca de una alacena por sugerencia de Octavia, un trozo de magro de cerdo pasado sobre el que rondan moscardones azules como zafiros, lo mecha con tocino, lo ata con hilo de algodón hasta hacer un cilindro y lo rehoga en sartén de cobre con cebolla dorada y un diente de ajo finamente picados. Un aroma confuso, que oscila entre el hedor a carroña y el dulzor de la cebolla frita, se desprende a bocanadas.

Belinda persigue a las moscas azules carroñeras con una palmeta de enea, y guarda en una cajita de lata, que fue de pastillas de menta, el fruto de su cacería.

—Esto es para la cerda —dice Marisa mientras dora la carne, y le agrega un ramito de tomillo, un pellizco de polvo de estragón, una hoja fresca de laurel y sal—. Para que se harte hasta reventar como un sapo— y lo rocía con un vaso de vino blanco seco.

—¡Chicas, tenéis que tener más paciencia! —recomienda Belinda con dulzura, sin dejar de observar atentamente la presa azul brillante que sostiene por las alas entre el pulgar y el índice.

—¿Paciencia? Tú eres tonta. Deberíamos darle de comer mierda —agrega Octavia su granito de arena—. Seguramente es lo que habrá comido toda su puta vida antes de haber engatusado al señor...

En ese momento, la gobernanta despierta. Confusa, abre y cierra los ojos con el ritmo mecánico de los párpados de una muñeca de porcelana, como si pretendiese aprisionar entre sus legañosas pestañas la vigilia circundante.

Las muchachas aceleran sus movimientos y fingen interés en lo que hacen, se ponen serias, demasiado circunspectas ante la sagacidad de la gobernanta, que se deshace de inmediato de los restos de telarañas del sueño, reacciona y ordena:

—¡A trabajar, hatajo de vagas! —y hace chascar la fusta en el aire, y luego fustiga las columnas de hierro con estrépito, para meterles miedo—. ¡Tú y tú, subíos las faldas! —apunta con un índice artrítico y arbitrario.

Marisa y Octavia dejan de lado sus labores y obedecen sin demora, se suben las faldas, se tumban de bruces sobre la larga mesa de madera de roble, ofrecen los traseros rosados a la furia de la gobernanta, y vierten manantiales de lágrimas y ayes anticipados al tormento.

Las azota sin piedad dejándoles huellas rojas como lenguas de fuego en la superficie mullida de las nalgas: sutiles grietas de dolor intenso, llagas imborrables superpuestas a otras más antiguas e igualmente sensibles.

Belinda oculta con disimulo bajo sus faldas los frascos de vidrio y las cajitas de lata repletas de bichos.

—¡Toma, así, perras! —y acompaña cada descarga, cada centella de sangre con un insulto. Marisa y Octavia aúllan bajo el tormento; con manos y dientes torturan los bordes arremangados de sus faldas hasta destrozarlos; mientras las demás, pegadas a los muros, tiesas y calladas, con los puños apretados junto a la boca, contemplan el castigo reconociendo la arquitectura invisible del dolor, pues todas lo han catado muchas veces y sus traseros pueden testimoniarlo.

Elisa entiende que es imposible esperar un milagro que deshaga la rigidez de la gobernanta, pues descubrió que su amargura está regida por ciertos humores ingobernables y desmadrados, que únicamente volverían a su cauce con tratamientos de mesmerismo que, por desgracia, todavía no han llegado a esas tierras.

Cuando a la gobernanta le duele la muñeca, a punto de desencajarse la articulación, amaina los golpes, deja de insultarlas y maldecirlas, pero continúa murmurando nadie sabe qué cosas. Deja caer el brazo mortificado a un lado del cuerpo y promete nuevos castigos si no se corrigen. Blanca tiembla arrinconada entre un aparador y la gran fiambrera de alambre en cuyo interior se orean mortadelas, chorizos, salchichones y quesos curados. Belinda palpa sus frascos bajo las faldas. Marisa y Octavia se relajan, aflojan los músculos y sus carnes parecen deshacerse encima de la mesa como despojos de matarife. La gobernanta hace una señal a las demás para que les presten los cuidados necesarios, y las sirvientas acuden presurosas con emplastos de almidón y vinagre, y los aplican sobre las pieles escarnecidas. Otras ponen a hervir alcohol con hierbas medicinales, y una vez transferido su poder balsámico al líquido, se apresuran a enfriarlo para embeber en él algodones y trapos haciendo con ellos apósitos redentores. Las castigadas, todavía tumbadas en la mesa, suspiran y se enjugan las lágrimas con el ruedo de las faldas, que no se atreven a bajar por temor al roce de la estraza con los estigmas recientes.

—¡Ay, Dios mío! —suspiran angustiadas, hiposas, llenas de lágrimas y mocos que arrastran con las mangas. En voz baja maldicen su destino de sirvientas, la arbitrariedad de la gobernanta, su maldad sin límites. Octavia execra en silencio el fruto que la señora incuba en sus entrañas y le augura todos los males posibles en este mundo. Blanca, sin salir de su improvisada guarida, llora por lo bajo como si fuera ella la víctima. Luego se incorporan, aliviadas por el alcohol de romero y alcanfor, las cataplasmas de lino, almidón y vinagre. Piden perdón a la gobernanta y prometen ser buenas, obedientes, sumisas y diligentes en sus menesteres.

Cuando la gobernanta se marcha, reprimen una sonrisa malévola y vuelven de inmediato a las lejías, a las verduras y legumbres, y a las carnes que se cuecen atufando la estancia penumbrosa; a los fregoteos, y a las cacerolas de cobre. Belinda suspira aliviada y recobra sus frascos, ahora tibios por el calor de su cuerpo bajo las faldas. Dentro se apretujan enmarañadas madejas de antenas y patas todavía con vida.

Afuera el cielo se encapota como plomo derretido, la noche se bruñe y adquiere los tonos rosados de una media luna menguante enrojecida, cuya pereza contrasta con la inquietud que se desliza por la piel tirante del vientre de la señora Iris. Bajo la farola Isabelina, una extraña flor nocturna se abre como un corazón palpitante, exhala una fuerte fragancia a carne podrida, y deja caer un pétalo aterciopelado de un rojo muy oscuro, casi negro.

La señora gruñe y maldice su suerte mientras Laura, la criada que entró a servir hace tan solo unos meses y llegó soltera, pero en avanzado estado de gestación, se ocupa de asearla poniendo todo el empeño a pesar de su inexperiencia:

sus mejores maneras para contentar a la señora extranjera de la cual circulan por la ciudad vivos y extraños rumores. La incorpora y le cambia la ropa de la cama; con paños humedecidos en agua tibia le limpia todo el cuerpo y los recovecos por donde más se escapan las substancias y los malos olores; la perfuma con agua de Colonia y otras esencias importadas, que nunca faltan en el tocador de la señora, la peina ensayando osadas y complejas formas, llenándole la cabeza de horquillas, bigudíes y peinetas de carey, hasta dejarla tan hermosa como una muñeca de porcelana.

—Lo único que imploro a los cielos es parir pronto, acabar de una vez este empinado calvario —murmura, casi sin aliento.

—Pues yo, lo único que pido a la vida es no ver el fin del mundo que se avecina —confiesa con un susurro la gobernanta, mientras cose a su lado.

—No aguanto más a esta criatura que me vacía desde hace meses y no deja de moverse y dar coces como una yegua salvaje —rezonga, como una letanía, mientras se deja hacer, se entrega a las manos hábiles de Laura—. No sabes lo que has hecho —le recrimina—. No imaginas el daño que haces trayendo un nuevo ser a este mundo hostil, lleno de injusticias y penalidades. —Y se lleva ambas manos al vientre, porque algo dentro se manifiesta activando los resortes del dolor.

Llegan otras criadas, presurosas, a vestir a la señora. Fingen gran entusiasmo al verla tan lozana, tan perfumada y tan limpia, luciendo un peinado tan elegante y moderno, y le preguntan con un interés candoroso tan falso como una moneda de plomo:

—¿Cómo se llamará, señora?

—¡*Perra!* —contesta, y se queda observándolas—. Se llamará *perra*, como vosotras —aclara. Las mira de soslayo con sus pupilas dilatadas y renegridas acentuadas por la espesa capa de rímel, esperando una reacción que le dé pie a maldecirlas. Pero las mujeres, alertadas por la experiencia, festejan su ocurrencia.

—Muy ingeniosa la señora. Hoy está de un humor magnífico— proclama Elisa.

En la cara redonda de Iris aparece una sonrisa fina y recta de carmín. Se queda callada, observándolas con mirada torva bajo los semicírculos de las cejas falsas que parecen haber sido trazadas con un compás sobre la frente.

Laura abandona el peine y las horquillas, coge el cisne y aplica polvos de talco en la entrepierna de la señora, que se abanica para ahuyentar las nubes que la ahogan.

Una punzada traicionera le atraviesa el vientre de un extremo a otro: grita y crispa las manos. La voluntad se le escapa en un suspiro afónico. La cuerda de un espasmo le anuda los intestinos que, al distenderse, descontrolan los esfínteres.

Laura se mira las manos llenas de mierda, retrocede sin dar crédito a sus ojos, arroja a un lado el cisne embadurnado, que cae al suelo y produce un ruido denso.

La señora, aliviada, estalla en una carcajada sincera:

—Es tu bautismo en esta casa —y no puede dejar de reír, de convulsionarse, ni de evacuar el río de heces que escapa a borbotones.

—Son los dulces... se lo advertí —le recrimina suavemente la gobernanta—. No debe hacer excesos en su estado... —y deja a un lado la costura dispuesta a ocuparse personalmente de la señora.

Octavia hace un pronunciado gesto de fastidio que acompaña con alguna de sus maldiciones secretas.

Laura huye espantada, corre con las manos en alto, manteniéndolas alejadas del cuerpo para no mancharse con la mierda de la señora Iris, cuya voz alcanza a oír a mitad de la escalera:

—¡Es mierda con abolengo, desgraciada; deberías sentirte orgullosa! —y de un manotazo se deshace el peinado y arroja lejos las peinetas.

—Abolengo de puta —musita Octavia con una media sonrisa de lado.

Con voz apenas audible, aliviada de sus tormentos aunque débil, sumergida todavía en el charco de sus propios excrementos, la señora pide que pongan su música predilecta.

Elisa, la única que sabe leer, muestra el pesado álbum a la señora:

—Es este, ¿verdad?

Iris entreabre los ojos y distingue las figuras del Príncipe Cascanueces, rubio como el oro, del Hada de Azúcar con sus alas menudas y coloridas, de las flores, y asiente con un ligero movimiento de cabeza. Elisa ensarta uno de los discos en el eje del gramófono. En ese momento llega el resto del enjambre y, mientras unas se aprestan a volver a higienizarla y cambiar una vez más las sábanas y fundas; otras, provistas de perfumeros, la rocían con esencias de jazmín, de violeta y clavel. Blanca coloca verticalmente varas de sándalo en los pebeteros, las enciende y distribuye estratégicamente por todos los rincones. Elisa da cuerda al gramófono y deja caer la aguja en el borde del disco: un sonido diáfano de clarines hace vibrar la estancia. Draya abre todas las ventanas de par en par para ventilar, sube las persianas y descorre los visillos. Saca de uno de los cajones del tocador el bote de laca bermellón y le pinta las uñas de las manos y los pies. Águeda y Belinda vuelven a peinarla haciéndole verdaderas y originales fantasías con trenzas, postizos naturales, peinetas de concha y lazos de terciopelo.

—Quiero buñuelos de queso con canela —bosteza—, y soletillas con puré de castañas caliente y confitura de naranja amarga.

Octavia, a punto de salir de la habitación, se vuelve y susurra:

—Ya estamos... un día reventará, la cerda.

—No le conviene... —inicia el consejo la gobernanta, que no llegó a oír las palabras de Octavia, pero se siente lapidada de inmediato por unos ojos insobornables de acero y se interrumpe.

Marisa, ante el capricho de su ama, suplica ayuda con una mirada de la que ninguna acusa recibo. Baja a las cocinas resignada, dispuesta a emprender la labor de preparar los complicados dulces.

Laura regresa con las manos limpias y, aunque recelosa, se ocupa de darle polvos de arroz con un cisne nuevo, colorete en las mejillas, y de embadurnarle los párpados con un azul intenso que le resalta los ojos confiriéndoles una dimensión más malévola que la habitual.

—Me fascina Tchaikovsky— proclama dándose aires importantes, mientras se somete a los potingues. Estira el cuello todo lo alto que puede y ladea la cabeza disponiendo un oído hacia donde proviene la música—. Es tan bella —suspira y deja caer los parpados azules. Se adormece entre las manos blancas y expertas de Águeda, que se ha puesto a darle masajes suaves en los hombros y la nuca. La gobernanta vuelve a bajar las persianas y cerrar los visillos para mitigar la intensidad de la luz, disminuye el volumen del gramófono y hace una seña para que callen. Todas se retiran de puntillas para no turbar el reposo de la señora.

En la penumbra de la habitación, perfumada y envuelta en la cadencia sensual de la «Danza Árabe», únicamente relucen los ojos de las muñecas de porcelana, como si lo observasen todo con una indiferencia flagrante.

Laura va en último lugar y baja cada escalón con prudencia para no dañar el fruto de su vientre, y en cada descansillo se detiene, se ciñe los riñones con ambas manos, y emite un suspiro lastimero.

La gobernanta se queda en la alcoba atenta a la evolución de la señora, al ritmo de su respiración, en espera de las contracciones que podrían presentarse de un momento a otro. Vuelve a sentarse junto a la cama y a coger el costurero de mimbre. Enciende un quinqué para ver mejor. Bajo su luz amarillenta, enhebra la aguja con hilo de seda rosa y aplica rigurosas puntadas, diminutas, perfectas, como solo ella sabe hacerlo. Mutila la urdimbre con la punta de acero, abre la trama, anuda aquí y allá y traza senderos de vainica elaborando una complicada geometría de flores en la que se alterna el rosa y el vacío.

Entra Marisa al cabo de una media hora trayendo la enorme bandeja de plata con la merienda y la deja sobre un velador. La gobernanta la despide con un ademán, pues la señora se encuentra adormecida, tanto que ni siquiera huele la dulzura que emana del puré de castañas caliente.

—Mejor así —murmura. Y mientras confecciona vestidos primorosos para la futura niña, vela el dormir sin sueños de la señora, acompañada de arpegios que avanzan como torrentes de agua cristalina, golpes de timbal sobrecogedores, burbujas de xilofón, cavernosos mugidos de cornos: un fondo musical que no entiende por ser demasiado complicado para su cabeza.

En el jardín, bajo la potente luz de la farola que Águeda olvidó apagar, una pareja de falenas traza una compleja danza nupcial y se aparea en pleno vuelo. El vientre voluminoso de la hembra apenas le permite mantenerse en el aire: el enérgico aletear de su oscuro consorte la soporta y le impide precipitarse al suelo. Cuando acaba la cópula, el macho, satisfecho y enloquecido, se precipita en la luz y se abrasa al contacto con la incandescencia, se electrocuta con un chisporroteo azulado.

Abajo reina una paz intensa fruto de la fatiga general y de la ausencia de Draya que, dos plantas por encima, vela el sueño reparador de la señora, mientras pierde sus ojos en las hileras de puntadas primorosas. Desgreñadas, las sirvientas se tumban en los bancos corridos de las cocinas, deshechas de cansancio, con las piernas abiertas, las medias caídas sobre los tobillos y las enaguas y faldas arremangadas, sin ánimo ni para hablar ni moverse, a pesar de que los guisos amenazan pegarse al fondo de las ollas, de que las carnes en el horno comienzan a cambiar del ámbar al negro, y de que el tono dorado de las hogazas se va ensombreciendo peligrosamente en el interior del horno.

Elisa aprovecha estos momentos de serenidad para tumbarse en un banco de la galería próximo a la entrada de las cocinas y leer. Por orden expresa de la señora, la gobernanta le permite entrar a la biblioteca que fue del señor, donde no acude nadie desde su muerte, ni siquiera para limpiar el polvo acumulado en los anaqueles, sobre el escritorio de castaño y en los miles de volúmenes encuadernados en piel de toro o de bisonte rojo. El orden alfabético es estricto, los lomos con letras estampadas en oro se alinean en las cuatro paredes altísimas, abarrotadas de heterogéneos volúmenes, ediciones príncipe y curiosos incunables con iluminaciones.

En una librería acristalada se encuentran bajo llave los apuntes del señor, las notas, dibujos, esquemas y detalles constructivos de los pequeños autómatas a los que dedicaba con entusiasmo varias horas de insomnio y que, por desgracia a decir de algunas, desaparecieron misteriosamente poco antes de su muerte.

Elisa no coge los libros al azar: lo hace de derecha a izquierda y de abajo, a arriba comenzando por las librerías próximas a la puerta de entrada, con lo cual se salta el riguroso orden alfabético con que fueron colocados por el propio señor.

Belinda, hundida en una desvencijada butaca de orejas, observa de reojo a una cucaracha rubia que se desliza por la pared: la ve asearse con esmero frotando las patitas delanteras y agitando las finas antenas como si buscara algo próximo pero impalpable. Con increíble rapidez reacciona y la derriba con el golpe certero de un trapo de cocina. La recoge del suelo intacta y medio muerta y se la guarda en un bolsillo.

En medio de la quietud, se oye el eco de unos pasos resonando con ímpetu en las escaleras:

—¡Sangre! —aparece gritando la gobernanta, furiosa, fuera de sí—. ¡La muy cerda tiene una hemorragia! —explica desde el vano. Hace un marcado gesto de impotencia que llega a resultar conmovedor por su patetismo. Da media vuelta y encara los peldaños dispuesta a regresar junto a la señora.

Impulsadas por el vértigo de un resorte interior liberado, llenan de agua los barreños, cogen toallas y jabones, y acuden a la alcoba donde hallan a la señora desvanecida por la crueldad de una contracción.

—Estará a punto de llegar la niña —aventura Belinda, presa de una alegría incontrolable.

La señora se recupera y abre los ojos, pero al instante se retuerce y aúlla a causa de un nuevo brote de sufrimiento que amenaza rasgarle las carnes. Sus gritos ahogan la melodía que surge del gramófono: un xilofón y unas campanillas se deslizan bajo un torrente de violas furiosas dando la impresión de huir del griterío sin rumbo fijo.

Vuelve a desmayarse con teatral aspaviento. La gobernanta no cesa de dar órdenes mientras se dispone a limpiarle la sangre con toallas húmedas, y cuando va a introducir las manos entre las piernas de la señora se detiene en seco, sorprendida:

—¿Qué es esto? —susurra incrédula. Aturdida, con los ojos desorbitados fijos en algo que yace entre los pliegues de las sábanas encharcadas en humores, le cuesta reaccionar.

Se produce un silencio gélido que acentúa el olor a infierno producido por los aromas exóticos de los pebeteros en los que se consumen varas de sándalo, jazmín e incienso, mezclados con el hedor de los líquidos densos y renegridos que brotan del vientre de la señora.

Las sirvientas están paralizadas, pendientes de un gesto o de una palabra de la gobernanta, que en ese momento recoge el objeto en el cuenco de la mano sobre una toalla.

—¿Ha roto aguas? —pregunta Josefa.

—¡Calla, imbécil! —le replica, sin apartar la vista del despojo sanguinolento que tiñe de rojo la felpa.

—¿Es un trozo de la niña? —pregunta Elisa encogiéndose como si quisiera desaparecer, al borde del espanto.

La gobernanta le arroja una mirada fulminante.

—Se está pudriendo por dentro... —concluye Josefa, absorta en el coágulo. Y ante el hedor se tapa la nariz con un pliegue del delantal mugriento.

—¡Ojalá reviente como un sapo! —murmura Octavia desviando la mirada hacia la ventana y perdiéndola en el jardín.

—¡Callad! —la gobernanta es terminante. Y vuelve a fijarse con mayor atención en el despojo que sostiene entre las manos. Sin poder reprimir su azoro, dice por lo bajo: «Es una verga...»

Se miran unas a otras:

—¿Una qué?

La gobernanta separa los pliegues de la toalla, mete una mano en el bolsillo del mandilón y saca las gafas que utiliza para coser:

—No hay duda... —levanta los ojos acuosos por encima de los cristales redondos y lanza en torno una mirada pétrea. Les ordena con la voz todavía alterada por la conmoción—: ¿Qué hacéis ahí, paradas como imbéciles? ¡A trabajar, cotillas!

Vuelven a interrogarse con un gesto incrédulo, todavía desconcertadas, con un incontrolable mohín de repulsión colgado de la boca. Se produce un silencio cuya solidez paraliza el aire, hasta que la gobernanta reacciona y toma las medidas necesarias:

—Vosotras —señala a las más viejas: Belinda y Octavia—
¡limpiad a la señora de inmediato!... y las demás, ¡seguidme!

Abandonan la habitación presas de una inquietud morbosa, muertas de curiosidad, pero no se atreven a preguntar nada.

Al cabo de un buen rato, Belinda y Octavia dejan a la señora aseada, perfumada e inmersa en la bruma espesa del sueño, tanto que no advierte el roce suave, apenas perceptible, de una polilla que le sube por el cuello en dirección a una oreja, se introduce en el oído medio y allí desova una esfera gelatinosa en cuyo interior laten cientos de diminutas vidas. Exhausta, regresa a un meandro del pabellón auricular, y desde allí cae al suelo donde aletea con débiles espasmos antes de morir con las patas encogidas sobre el abdomen vacío.

Una araña desciende por un hilo de seda, la envuelve en un sudario de encaje blanco, y se la lleva a rastras a su guarida hecha en la estopa del tapizado de la silla Chippendale desvencijada, la que habitualmente ocupa la gobernanta cuando se queda cosiendo y velando a la señora Iris.

Es tal el desorden y nerviosismo en las cocinas que la gobernanta apenas puede controlar a las muchachas, a pesar de la fusta que esgrime en alto, cuyo aliento agrio a sangre reseca amedrenta. Algunas, al recordar el apéndice sanguinolento que brotó de entre los muslos de la señora, buscaron refugio en los sótanos más profundos; en cambio, las más valientes, no lo hacen hasta el momento en que la gobernanta, después de poner orden, decide lavarlo bajo un chorro de agua tibia, secarlo y mostrarlo en alto cogido con dos dedos, mientras dice entre dientes con furia contenida:

—Le ha sorbido hasta la última gota de sangre, la muy puta...

A continuación, pide a Octavia, la única que soporta hasta el final la visión y se queda allí petrificada, que lave un frasco vacío, de los de mermelada, de los que tienen tapa a rosca, y lo llene de alcohol fino.

—Era muy macho —dice por lo bajo, aprovechando que Octavia se encuentra en otro extremo cumpliendo su encargo. Introduce el trozo de carne reblandecida en el bote de cristal, lo tapa herméticamente y contempla su contenido exponiéndolo a un rayo de luz que se filtra por los losanges de una ventana. En ese momento descubre a varias muchachas asomadas a las puertas, espiando, asustadas y en el colmo de la haraganería, y les ordena—: ¡A trabajar, zorras! —y se dirige acto seguido a la alacena cuyas llaves custodia y guarda el frasco en el anaquel más profundo, fresco y oscuro.

De soslayo, Laura sigue con atención las acciones de la gobernanta sin explicarse los motivos que la impulsan a atesorar semejante monstruosidad.

Al terminar las faenas, cuando la desgana y fatiga son tales que doblegan hasta las comidillas y comentarios, se adormilan en las sillas y bancos, con las faldas arremangadas a medio muslo y las chanclas quitadas, esparcidas por el suelo de piedra. Unas resoplan y otras hipean, algunas son presa de pesadillas y se contraen con temblores; y otras sudan abundantemente y cabecean murmurando sus propios sueños irreconocibles, que cuando despierten olvidarán de inmediato.

Draya aprovecha el sueño de las subalternas, la falta de vida que flota en la atmósfera viciada, para recoger unas sobras de comida: carne asada, un muslo de pollo, pan y queso de cabra, media manzana sin el corazón, e introducirlas en una tartera. Mira hacia todos lados cerciorándose de que nadie la observa y de puntillas pone rumbo a los altillos penumbrosos, cuidando muy bien de no hacer crujir los peldaños.

La música de Tchaikovsky tranquiliza a la señora, la sumerge en una paz y congoja tan profundas que se le humedecen los ojos. A su vera, en la silla Chippendale, la gobernanta aplica una puntada tras otra, corta el trozo de tela sobrante, hilvana, pega botones diminutos y corchetes, abre ojales con tijeras de hojas curvas que parecen de juguete. Cada tanto echa rápidas miradas por encima de las gafas y controla la presencia callada de las demás sirvientas.

Minutos antes abrió de par en par los postigos para que la señora pudiera ver el jardín florecido. Próximos a los cristales asoman los gladiolos enhiestos: ristras de flores ascendentes, trompas rosadas, blancas, amarillas, bermellón y moradas. A lo lejos, en la rosaleda, Josefa corta exquisitas flores, rojas como entrañas, y las va poniendo en una pequeña cesta plana de mimbre. Al dejar la rosaleda e internarse por los senderos de grava, se detiene junto a un parterre, arranca una anémona azul y se la ensarta entre las greñas sobre una oreja.

Suenan los pífanos, dialogan en *pizzicato* los violines con las campanillas y los triángulos. Es la Danza China de *Cascanueces* que para el baile requiere un traje especial y un sombrero chinesco de paja de arroz. La señora, adormecida, incorporada entre grandes almohadas cuyas fundas limpias conservan intacta la rigidez del almidón, se deja transportar por la melodía y abre un poco los ojos para verificar que las sirvientas, a pesar de su quietud y silencio, están allí, dispuestas a cumplir sus órdenes y caprichos.

—Dadme una muñeca —pide con un hilo de voz imperceptible. Pero las sirvientas tienen oídos finos y se sobresaltan. También la gobernanta parece sacudida por una descarga y hace una seña rápida y breve a Blanca, la más tímida y recatada, indicándole que se disponga a cumplir la orden.

—¿Cuál prefiere la señora? —la muchacha se adelanta con una sonrisa voluntariosa, sin despegar los ojos tristones del suelo, con las manos entrelazadas sobre el pecho.

—Cualquiera, perra. Todas son hermosas —contesta alzando un poco la voz, lo suficiente como para imponerse, demostrar su autoridad, su poder a pesar de la falta de energías.

Blanca va de puntillas donde están las muñecas y coge una vestida de amarillo. Regresa rozando apenas el suelo, para no mancillar el inmaculado sonido de «Cascanueces», y se la entrega.

—¿Cómo van los vestidos de mi niña? —se dirige a la gobernanta, mientras acaricia con dulzura el pelo de la muñeca rubia, y la observa con una sonrisa bobalicona suspendida en los labios exageradamente pintados con carmín.

—Muy avanzados, señora Iris —y no puede ocultar el orgullo, la emoción que le produce ser la modista de la futura niña de la señora. Por el rabillo del ojo observa con suspicacia a las demás sirvientas y detecta ese ligero fruncimiento de labios característico de la envidia.

—Quiero que tenga muchos vestidos elegantes, como corresponde a mi niña: para ponerle uno por la mañana, a juego con la luz del amanecer: rosa como la aurora; otro por la tarde con el color del ocaso: malva como las nubes; y uno de gala para la noche, blanco como la luna llena.

—Pájaros —farfulla Octavia—, pájaros en la cabeza... no tiene otra cosa.

La gobernanta vibra de vanidad, reprime una sonrisa que se insinúa como una línea fina temblorosa, y mira el baúl arrinconado. En voz baja ordena que lo acerquen a un lado del lecho. Selecciona una llave del profuso haz que cuelga de su cintura y lo abre. Se arrodilla ante él y con extrema delicadeza, como si maniobrara finas hebras de cristal, saca los vestidos y los va poniendo a los pies de la cama:

—Este, de organdí, amarillo como las rosas del jardín de invierno, es de paseo. Este, de tul blanco, es para la noche, para el momento mismo en que sale la luna. Este, señora, tan precioso, de terciopelo verde festoneado de encaje de Brujas, es para la tarde, cuando la señora merienda en la sala de las palmeras...

—Son muy hermosos, gobernanta... Debo reconocer que tienes dotes especiales para la costura, podrías haber sido una gran modista. Si te hubiera conocido antes, te habría encargado todos mis trajes de baile, te hubiera nombrado mi sastra particular y exclusiva...

Le resulta imposible ocultar la arrogancia reflejada en el timbre de su voz cuando continúa describiendo los vestidos:

—Este lleva una gorra a juego, y es para media mañana, cuando la señora lee bajo la pérgola, por eso es color púrpura, como la buganvilla. Y este, color miel, bordado con gotas de ámbar, es para la hora del té, en el salón del pianoforte.

—Son una preciosidad... —suspira, se le humedece la boca porque el color miel del vestido le recuerda una suculenta merienda. Alza un poco la voz, adopta un timbre más agudo y nervioso—: Pero son pocos...

Draya abandona la sonrisa bobalicona y adquiere un rictus tenso, receloso. La señora continúa:

—Quiero más, muchos más; mi niña no puede ir como cualquier hija de vecina, porque es distinta, ella es mejor, es única...

Octavia codea a Águeda en los riñones.

—Será muy guapa —adula la gobernanta. Y en ese instante rememora el día lejano en que vio a la señora por primera vez: era un figurín ataviado a la moda europea, como los que aparecen en las revistas de sociedad, una muñeca cuyo estrecho talle avispa parecía a punto de quebrarse al menor roce. Jamás había conocido mujer más hermosa y elegante, salvo, claro está, Alba Licornia, prima del señor, cuya muerte prematura sesgó su turbadora belleza y sumió en la más profunda melancolía a su querido primo, tristeza y dolor de los que nunca se recuperó del todo a pesar de su flamante boda.

—¿Verdad que sí? —la voz de la señora la devuelve al presente.

—Claro, señora —reacciona apartando recuerdos que, de continuar sumergida en ellos, bien podría acabar cayendo también ella en la pena.

—Es el fruto de mis entrañas... —se lleva una mano al vientre y lo acaricia suavemente con movimientos circulares, por encima de las sábanas—. Cuando nazca le pondré ese —señala uno azul celeste, con lazos blancos y holandas en puños y cuello—. Porque es el color del cielo puro, como mi niña, mi angelita...

—Sí, señora, el azul claro para su niña del alma; para cuando vea por primera vez la luz del día y con sus ojos eclipse al propio sol... —se regocija íntimamente de haber pronunciado una frase tan bella, que le oyó un día a Elisa.

Octavia no puede reprimir una mueca callada de asco.

—Mi hija será diferente a las demás, ¿verdad, Draya?

—Será una muñeca, como su madre...

«Una foca...», esta vez, Octavia limita sus opiniones al ámbito mudo del pensamiento.

Las sirvientas, salvo Blanca que siente un temor profundo por la señora y la gobernanta, se muerden los labios para no reírse, les tiembla la barbilla y se miran unas a otras de soslayo.

—Será bailarina —señala la señora.

—La mejor del mundo —subraya la gobernanta con tono enérgico— como usted lo fue. —Enseguida extrae de una funda las alas que ha confeccionado y le participa que está a punto de terminar la varita mágica de papel de plata.

—Eres una artista con la aguja —suspira. Y explaya a lo largo del carmín de su boca una sonrisa de plenitud. Cruza las manos sobre el vientre abultado y ordena que le suban algo de comer, algo suculento, pues desfallece de apetito—: Pudín de arroz con azafrán..., *vol-au-vent* de mollejas, champiñones y trufas, aspic de bonito con guarnición de tomate y lechuga. —Se adormece ante la visión del banquete, y suelta la muñeca que se escurre fuera de la cama, cae al suelo y se parte la cabeza de porcelana.

Marisa traga saliva y se dispone a salir. La gobernanta le hace una seña discreta para que no lo haga y coge el bastidor de bordar.

Surgen las flautas apoyadas con un bajo continuo de violas y contrabajos, dialogan unos y otros instrumentos con una voz afónica y lejana matizada por una ligera vibración de bronce.

La gobernanta indica a Josefa que recoja la muñeca y los trozos de porcelana, y a las demás que se esfumen en silencio. Ella en persona se ocupará de volver a guardar los vestidos.

—¿Cuándo saldré de cuentas? —inquiere la señora abriendo los ojos de improviso. La gobernanta deja de atender su labor, vuelve con vivacidad la cabeza hacia el lecho:

—En cinco o seis días, señora Iris.

El triángulo matiza chispeantes pompas sobre los glisados de las violas.

—¿Cómo lo sabes?... —y se incorpora con cierta brusquedad, recelando de las cifras que tan cabalmente le da su criada preferida. Su cara se contrae en una mueca de dolor y grita—: ¡Ya no aguanto más! ¡Esta hija mía me corroe las entrañas! —Se retuerce y se aferra el vientre con ambas manos. La gobernanta deja el asiento y acude a ella de inmediato. Le pone una mano en la frente para comprobar la temperatura.

—Llevo las cuentas desde que fue concebida, señora.

Pero no la oye. Aúlla y se ovilla sobre su vientre en cuyo interior un ser se convulsiona, desgarra y se resiste a continuar allí. Percibe débilmente la luz del sol a través de la bóveda de rosadas membranas que la cubre, oye leves murmullos llegando de fuera, del otro lado de la cúpula de nervaduras rojas, del mundo al que anhela florecer; intuye los jardines con sus fragancias, el alba rosada y el ocaso de sangre, la plata de la luna cuando flota en la negrura infinita, los olores rancios que escapan de las cocinas, la humedad y los líquenes de los sótanos y bodegas, el chillido silente de los murciélagos en los altillos, la frialdad de ciertos corredores y el mullido de los tapices y alfombras, el aroma pegajoso de la sangre...

La señora pierde el sentido en silencio, como la llama de una vela que se extingue por falta de cera.

La música cesa, pero el disco continúa girando y la aguja desgarra la atmósfera con un quejido simétrico. La gobernanta se acerca al gramófono y activa el freno. Regresa a la silla decidida a continuar bordando pero se adormece con el bastidor entre las manos. En el círculo tenso de cañamazo se esboza una rosa blanca con estambres de fuego, es lo último que ve la gobernanta antes de internarse en los abismos del sueño donde hay lirios pudriéndose en los búcaros, tulipanes carnívoros que devoran carroña, azucenas y orquídeas de abultados estambres, casi obscenos; hasta que accidentalmente se pincha con la aguja y despierta sobresaltada creyéndose víctima de alguna picadura mortal.

Aquella lejana noche la señora había cenado pollo con anacardos, *soufflé* de calabaza y castaña, ensalada de arenque y naranja, y de postre había tomado florentinas y helado de canela con uvas pasas al jerez. Pidió a la gobernanta, mientras se limpiaba la boca con la servilleta y disimulaba un estruendoso eructo, que felicitara a Marisa, pues platos tan exquisitos solo se elaboraban y comían en Europa donde los grandes cocineros abundan y son considerados artistas. Había acompañado la apetitosa cena con vino clarete y blanco seco; los postres con malvasía y moscatel dorado. Luego había brindado con champaña para festejar algo que nadie supo. A medianoche estaba perdida en una madeja impenetrable de pensamientos cuyo extremo revelador no podía hallar a causa del exceso de bebidas.

Draya lo había visto todo, en tanto que unas plantas por encima, las sirvientas dormían a pierna suelta arrebujadas en los jergones, próximas unas a otras, roncando como fieras.

Había decidido seguir los pasos de la señora sin que esta lo sospechara, movida por la corazonada de que dirigiría sus pies de bailarina malavenida donde jamás antes había osado ponerlos, cuando vio que, en efecto, en lugar de subir a sus aposentos, ponía rumbo a la bodega.

Con cautela había ido detrás de ella a través de las tortuosas escaleras y se había apostado detrás de unas estanterías desde donde entrevió por un resquicio a su hijo Asrael, también borracho, que se incorporaba de la mesa en la que dormía, sobresaltado por la presencia inusual de la señora, disponiéndose a obedecer las imprevistas órdenes que pudieran haberla llevado hasta esos antros. Pero la señora no había abierto la boca, simplemente se le había acercado y lo había mirado con los ojos arrasados en lágrimas.

Estaba allí, de pie, con el cuerpo embutido a duras penas en el corsé cuyas ballenas estaban a punto de reventar, indefensa y tan borracha que apenas le importó cuando Asrael le cogió una mano y se quedó mirándola de arriba a abajo con una sonrisa pegajosa y lasciva, embobado ante tanta opulencia de carnes lujosamente contenidas, preso de una repentina lujuria que lo enmudeció y le produjo una inminente e insoslayable humedad entre las piernas.

Draya pudo verlo todo desde su escondite, y le tembló ligeramente el labio superior, como solo le ocurría cuando la furia parecía estar a punto de desbordar los límites resecos de su corazón.

Se habían sentado el uno junto al otro a la mesa de madera avinagrada. La señora le había pedido un vaso y le propuso un brindis cuyo motivo le susurró al oído, pero que la gobernanta supo de inmediato que se trataba de festejar su gloria pasada, mientras fue una gran artista de la danza y del espectáculo en Europa. Después había lanzado una carcajada breve que quería sonar a recato y acabó en sonora provocación. La risa se había ahogado absorbida por el serrín esparcido en el suelo y por la fila de barricas de roble. Después del brindis, en el que derramaron la mitad de la copa sobre sus ropas, bebieron como grandes camaradas unidos por el dolor y la confidencia, se consolaron con frases venales, dichas con la lengua pastosa a causa de los olorosos, los finos y los amontillados que habían ido catando.

La gobernanta los había observado mientras se mordía los labios.

Rieron mucho, lloraron amargamente reclinados sobre la mesa, se enardecieron con caricias, luego con besos en la boca, y con otros que él le aplicó entre los enormes senos mientras introducía las manos ávidas de piel bajo las faldas.

Lo había visto desatarle el corsé de ballenas y arrojarlo a un lado, quitarle los calzones de seda y sobarle los muslos y las nalgas, aferrarse a ellas con ambas manos, y también acariciarle la vulva sudorosa, que se ofrecía como una orquídea siniestra.

Había podido observar con detalle a la señora Iris hurgando con avidez en la bragueta de su hijo Asrael, hasta dar con el miembro erecto, enrojecido e inflamado, y también había percibido los evidentes esfuerzos del muchacho por llegar hasta el fondo de las oquedades de la señora venciendo las numerosas cortinas adiposas que se interponían al deseo. Había contemplado a su hijo doblegándose ante una pasión tortuosa que lo empujaba a aventurar su virilidad en las profundidades cavernosas cuyas puertas se abrían, capa tras capa, con estertores rosáceos. Y ambos habían compuesto una extraña y grotesca figura: ella, tendida de espaldas sobre la mesa, como un cachalote varado en la playa, con las gruesas piernas abiertas aplastando los hombros de Asrael; y a él, con los pantalones enredados a los tobillos, sepultando su carnosidad encendida y tensa. Y vio las manos del muchacho hincadas en los escurridizos pechos de la señora, inabarcables, azulados, con pezones como platos orlados de ensortijado vello negro.

Había cerrado los ojos con fuerza para dejar de ver y en aquel momento deseó quedar ciega para siempre. Fue entonces cuando por su mente pasó como un espectro fulgurante la imagen de Alba Licornia: se presentó de improviso en su memoria penetrando por una abertura de su corazón que nunca pudo clausurar, y paseó su escueta figura, dulce, de excepcional belleza, atravesando multitud de recuerdos; le pareció oír su melodiosa voz llamándola, pero sus oídos sensibles no tardaron en padecer el estruendo que producían los cuerpos emborronados de sudor cuyo ímpetu hacía crujir las tablas, los murmullos lascivos y suspiros, los aullidos feroces de la señora con cada embestida. Volvió a abrir los ojos, pues no pudo sustraerse al vuelo del orgasmo que se cernía sobre las barricas de olorosos vinos. La visión fue terrible: un estertor sacudió a ambos y una mueca de dolor apareció en la cara de su hijo, que se separó de ella bruscamente, como sacudido por una descarga eléctrica, y se aferró la entrepierna con ambas manos a la vez que soltaba un aullido. Y vio chorros de sangre fluir entre los dedos de Asrael antes de caer al suelo donde se retorció como una alimaña mutilada. Fue entonces cuando Draya huyó a las cocinas, subió las escaleras a saltos dejando abiertas las puertas tras de sí, como quien huye de un escenario poblado de abominables personajes por temor a que invadan al público.

Al alba de esa misma madrugada, arrepentida y movida por su inevitable instinto materno, Draya decidió regresar y cauterizar la herida de su hijo, en lugar de dejarlo morir desangrado. Días después, cuando el muchacho pudo andar, lo recluyó en una de las buhardillas cuya existencia únicamente ella conoce, y comunicó a la señora que su hijo se había marchado de repente, que se había ido durante la noche en busca de una nueva vida, con la cabeza llena de pájaros, el muy ingrato. Todo lo dijo lloriqueando, lágrimas que secó en cuanto hubo abandonado los aposentos de la señora Iris quien, por su parte, no dio señales de conmoverse con la noticia y se excusó diciéndole que le dolía mucho la cabeza, y no recordaba apenas a Asrael porque lo había visto en contadísimas ocasiones y muchísimo tiempo atrás.

—Lo siento por él —había agregado como único consuelo. Y Draya había corrido a las cocinas y azotado a las sirvientas para aplacar su furia. Por su lado, estas jamás osaron averiguar los verdaderos motivos de la ausencia repentina de Asrael, a pesar de no creer la versión que escuetamente les había dado Draya al cabo de los días. Y aquella medianoche, cuando estuvo sola, juró en secreto vengarse de la señora y arrojó un manojo de hierbas salvajes al fuego para rubricar el conjuro. El humo denso la envolvió y le dejó la impronta de su hedor en el pelo y en las ropas; hedor del que nunca pudo desprenderse y que desde entonces procuró disimular poniéndose perfumes y colonias que hurtaba a la señora.

Al cabo de los meses, cuando la señora ya no pudo disimular la preñez ni justificar el volumen desmesurado de su vientre con excusas tales como supuestas flatulencias debidas al exceso de bombones y otras confituras, entendieron que por haber sido Asrael el único varón en la casa, y dado que la señora jamás había salido de ella en los últimos años, tenía que ser él por fuerza el autor del embarazo: más aún cuando conocían los irrefrenables bajos instintos del muchacho y habían sido tan a menudo acosadas en los rincones de las dependencias más oscuras. Murmuraron e hicieron cábalas hasta el hartazgo, siempre a espaldas de la gobernanta, cuando le oyeron pretextar a la señora que su estado se debía a una extraña alteración hormonal. No pudieron dejar de reír a pesar de las fantasiosas explicaciones que Elisa pretendió darles acerca de lo que llamó partenogénesis, y que ejemplificó magistralmente aludiendo a las características sexuales y reproductoras de ciertas especies de insectos.

—Tú serás muy leída —le había replicado Octavia—, pero eres tonta del culo, hija. No sabes de la vida ni un pimiento, y crees que en los libros lo vas a encontrar todo resuelto como por arte de magia.

—Será todo lo que yo no pude ser —murmura la señora, con los ojos entornados—. Ella cumplirá mis sueños, mis eternos sueños postergados.

—La mejor bailarina del mundo, si Dios quiere —corrobora la gobernanta. Y hace un gesto entusiasta, zalamero: junta las manos y mira hacia lo alto.

—Bailará en los mejores teatros del mundo, su nombre brillará en las marquesinas escrito con cientos de bombillas eléctricas de colores, será como una centella en la noche, y el público... ¡ah!, el público la aclamará, de pie, aplaudirá furioso... Y recibirá enormes ramos de rosas, y carísimas orquídeas... Será tan famosa como la Taglioni, la Cerrito, la Grisi, o como una tal Camargo que dicen que es muy buena, y otra tal Duncan...

—Como usted misma...

La gobernanta, exultante, balancea las caderas estrechas y pone los ojos en blanco, se recoge las faldas con la punta de los dedos y baila alrededor de la cama dejando al descubierto sus flacas pantorrillas.

—No llegué a ser famosa. Me retiré de los escenarios por amor, tú lo sabes. Sacrifiqué mi carrera por un hombre que... Ya ves —suspira compungida.

—Sí, sí... bailará la música clásica que tanto le gusta a usted, señora...

—*Lago de los Cisnes* —precisa esta, siguiendo el compás de una supuesta música con un brazo fuera de las sábanas—, *La Bella Durmiente*... pero, sobre todo, será el Hada de Azúcar de *Cascanueces*, y se casará con un príncipe rubio... ¡Corre, Draya!, trae la caja de las coreografías.

Entusiasmada, va hacia un armario, extrae un gran estuche plano de madera con marquetería de hueso y lo deposita sobre el regazo de la señora. Esta se incorpora, lo abre y va sacando las láminas y extendiéndolas sobre la cama:

—Mira, Draya, estos son los pasos de *Cascanueces*, dibujados por la propia mano del gran Lev Ivanov; mi difunto esposo las adquirió para mí, se las compró a un antiguo amante del coreógrafo, un pobre bailarín despechado, un imbécil pederasta sin talento. Aquí están las cinco posiciones de brazos —señala con el dedo ensortijado—, y estas, las cinco de piernas. Se empieza en preparación adelante, ¿ves? Y estos son distintos *battement*. Y este salto dibujado con línea de puntos es un *grand jeté*. Recuérdalo. Esto es un *pas de deux* —va volviendo las láminas—, y esto un *pas de chat*, hermosísimo, tal como lo introdujo Carlota Grisi, pero lo dibujé yo misma hace años al regresar del teatro, después de haberla visto bailar con mis propios ojos, en compañía de mi difunto esposo... —deja rodar una lágrima y se apresura en secarla con el embozo de la sábana—. ¡Fue una velada magnífica, inolvidable...! —cierra los ojos. Una línea de dicha se acentúa en sus labios exageradamente pintados. Le extiende la caja a la gobernanta que guarda las láminas en orden y la cierra.

De pronto, transportada por los anhelos en los que ve el futuro glorioso de su hija, recuerda algo:

—¡Mi muñeca! Dame la muñeca bailarina que me hizo mi pobre esposo...

Deja caer los pliegues de la falda y abandona el baile. Está mareada de tanto dar vueltas. Serpenteando se dirige a los armarios. Regresa y deja la muñeca en brazos de la señora Iris. Es esbelta, tiene largas piernas y lleva un tutú blanco como la nieve, de gasa y tul, recamado de lentejuelas; también lleva zapatillas de punta de raso blanco.

—Es muy bonita... —y le da cuerda.

—Igual de hermosa será su niña, señora —cruza los brazos sobre el pecho y exhibe una sonrisa de satisfacción y plenitud.

En una penumbra apenas clareada por los oblicuos rayos de sol que apuñalan las celosías, la muñeca gira acompañando cada vuelta con un ruido de muelles, pernos y áncoras. Ejecuta un *battement*, recorre con los brazos las cinco posiciones, abre las piernas como en un *grand jeté*, y se detiene en seco cuando la cuerda se agota. La gobernanta, conmovida por la danza de la muñeca construida por el querido señor hace ya tantos años, derrama una lágrima y la recoge de inmediato con la punta de los dedos.

—Es una lástima que la caja de música ya no funcione... —se lamenta con sinceridad.

—Querré a mi hija como a esta muñeca, mi amor no tendrá límites —dice la señora en un arrebato de cariño. Y aplica besos en los labios rígidos de porcelana esmaltados de rojo intenso—. Vete, gobernanta —ordena, súbitamente desganada—, retírate a las cocinas, quisiera descansar... estoy tan agotada... me gustaría dormir un poco... —Y sin dejar de estrechar a la muñeca cuyos ojos emiten un brillo de vidrio verde esmeralda, va quedándose dormida.

Draya arropa a la señora y a la muñeca con la misma fingida dulzura, corre las cortinas de terciopelo hasta dejar la habitación totalmente a oscuras. Antes de cerrar la puerta detrás de ella, introduce la cabeza en el vano para cerciorarse de que todo está en orden. Percibe cierto tufillo a rancio, regresa y perfuma el aire con lavanda usando un pulverizador. Luego se marcha definitivamente a las cocinas, al sitio que le corresponde, pero antes palpa la presencia inmutable de la fusta en su cintura.

Un fuerte y prolongado repiqueteo apuñala los oídos y extrae del sopor a las muchachas adormecidas entre las perolas burbujeantes, tendidas junto a los fardos de ropa de plancha, desparramadas por los bancos de madera, y dan un respingo.

La gobernanta emerge del sueño profundo sobresaltada. Se lleva una mano a la fusta por instinto y salta de la mecedora:

—¡Subid de inmediato, putas; a ver qué desea la señora! ¡Daos prisa, haraganas!

Se atusan las greñas que les caen sobre los ojos, y se pasan las manos por los pliegues de las faldas para disimular las arrugas. Tropiezan entre sí en el afán de atender a la señora, de obedecer las órdenes de la gobernanta, van de un lado a otro todavía adormiladas, torpes y medrosas.

Vuelve a sonar el timbre con una estridencia tal que perfora los oídos y mutila el entendimiento. Ellas se confunden aún más, no atinan a organizarse, vuelven a trastabillar, derraman el líquido de palanganas y aguamaniles, tropiezan con las jofainas de agua alcanforada, con los cántaros de leche que se amontonan en los rincones. La gobernanta desespera y hace restallar la fusta. El chasquido las amedrenta, las hace dar saltos esquivando supuestos latigazos en las piernas. Pierde la paciencia y decide subir ella personalmente a socorrer a su señora:

—¡Inútiles, no sois más que un puñado de imbéciles! —grita mientras sube las escaleras a toda carrera y las muchachas permanecen desconcertadas, temerosas de lo que pueda suceder, mirándose unas a otras con un gesto de azoro, recordando en secreto aquel horrible despojo que vieron y que saben oculto en una alacena. Blanca, sin motivo alguno, rompe en llanto, y Octavia se apresura a tranquilizarla diciéndole que pase lo que pase, ella estará siempre a su lado.

En el instante en que vuelven a tumbarse disponiéndose a adormecerse oyen una vibración prolongada, histérica, a la que se superponen los gritos desesperados de la gobernanta cuya potencia atraviesa los muros.

Espabilan. Corren escaleras arriba, tropiezan, se empujan por llegar las primeras. Laura se detiene ante un repentino palpitar ajeno y se acaricia el vientre. Retrocede, se esfuma con sigilo, sale al jardín, lo cruza y se interna en uno de los cobertizos que están abandonados desde el día en que se marchó Asrael y nadie pudo dedicarles tiempo a los animales.

Al aproximarse al dormitorio de la señora ven la puerta abierta y oyen las voces desesperadas de la gobernanta:

—¡Daos prisa, zorras!

Cruzan el umbral y se detienen en seco, paralizadas por lo que ven: la señora yace en un charco de sangre renegrida: regueros se escurren por la colcha bordada, caen al suelo, empapan las alfombras orientales y la tarima de roble, y lo tiñen todo de bermellón espeso. Blanca se desmaya en el acto: no tolera la visión de la sangre. Octavia la socorre abriéndole los botones del cuello de la blusa, pero la mujer no se recupera.

Un olor dulzón inunda el dormitorio; tan vivo como el de las entrañas de un cerdo cuando, abierto en canal, las vísceras escapan a borbotones del vientre.

—¡Aquí, inútiles! —chilla y les hace señas para que no se queden paralizadas ante la sangre como ratas hambrientas. Octavia arrastra el cuerpo de Blanca fuera y lo deja en el pasillo.

Se produce gran confusión en la alcoba únicamente iluminada por una tenue lámpara de cristal azul de Tiffany con motivos de nenúfares y libélulas, que la gobernanta encendió y cuyo brillo se refleja en el líquido rojo.

—¡Callaos, perras, callaos!

Se cubren la boca con ambas manos, se arremolinan a tientas junto al lecho y resbalan sobre la mancha escurridiza. Murmuran y se tironean de las mangas unas a otras.

La gobernanta, sin descuidar a la señora que yace traspuesta, logra poner orden, organizar el caos que la circunda. Y les manda a unas que bajen a las cocinas y sin tardanza suban cazos y cubos de agua hervida, trapos limpios, toallas, vendas, alcoholes y desinfectantes; y a otras que la asistan en tan difícil trance, que no estorben poniéndose por medio:

—¡Moveos, imbéciles!

—La señora está de parto —murmura Elisa, boquiabierta, con una mueca de asco.

—Estas cosas no aparecen en los libros —le recrimina Octavia.

La señora reacciona, jadea, abre los ojos y mira en torno; apenas si tiene fuerzas para articular:

—Esta niña me matará, la muy puta... no le basta con devorarme las entrañas, también la siento aquí, dentro de mi cabeza comiéndome el cerebro...

—Delira —se lamenta Draya.

—¡Viene la niña! ¡Ya está aquí la niña de la señora Iris! —exclama Águeda, entre la risa y el miedo, agitando las manos en el aire.

Las que habían bajado regresan provistas de jofainas, jarras, cubos y palanganas de agua hirviendo; otras con enormes fardos de toallas y trapos en equilibrio; las demás traen jabones, alcoholes, esencias, tijeras, cuchillos de cocina, costureros rebosantes de carreteles y agujas, acericos de trapo como erizos, cintas y lazos de seda.

Octavia, sin mover los labios, hilvana maldiciones.

La señora se convulsiona, se ahoga, se pone amoratada. Sus ojos se cubren de lagrimones como caireles y hace una mueca espantosa de dolor. Se lleva las manos al vientre y lan-

za un grito que atraviesa las ventanas y la noche, hasta rever-
berar en la luna de plata, en ese momento oculta por una nube
que avanza a borbotones.

La gobernanta separa y flexiona las piernas teñidas de
rojo de la señora. El vientre enorme parece a punto de estallar; tenso como la tripa de un tambor, sube y baja, tiembla.
Algo en su interior se moviliza, se dispone a actuar. La luminosidad ámbar en la que flota la criatura es insuficiente,
vaga; e intuye que afuera hay otras luces encendidas a cuyo
llamado no puede sustraerse, igual que una mariposa geómetra ante la incandescencia de una lámpara. Y oye una música que se superpone a los latidos de su propio corazón y le
da vida. La melodía le resulta fascinante y no puede evadir
su embrujo.

La señora es una fuente de humores oscuros, de líquidos que manan y entibian la sangre ya fría y coagulada. Suda
abundantemente y desfallece, resopla, se dice a sí misma palabras consoladoras para paliar el sufrimiento provocado por
ese ser dispuesto a salir en pos de la luz dorada que intuye
maravillosa y cálida.

La gobernanta dirige con pericia el alumbramiento, ordena, manipula aquí y allá, rige el desorden de las sirvientas
inexpertas y asustadas.

—¡Perra asquerosa! —balbucea la señora—. ¡Me arrepiento de llevarte en mis entrañas! —grita, y hace un esfuerzo
por expulsar a una criatura desconcertada ante la repentina
vigilia que quebró sus sueños, que se resiste a nacer al mundo—. ¡Sal, puta, sal de una vez!

La gobernanta, concentrada en su labor de demiurgo, en
su rol casi divino de perpetuar la especie de la señora y la suya
propia, ordena a Águeda que se ponga a horcajadas sobre la
parturienta, y acto seguido murmura para sí misma:

—Parece que se resistiera a nacer, que temiera del mundo...

—¿Yo, gobernanta? —reacciona Águeda al rato.

—¡Sí, tú, idiota!

—Es la primera vez que asisto a un parto...

Cuando la muchacha se coloca sobre el vientre, la señora profiere tal aullido que hace retroceder a unas y a otras huir escaleras abajo buscando refugio en las bodegas.

—¡Asoma un pie! —anuncia la gobernanta—. ¡Dios mío!

La señora se retuerce. Belinda le coloca un paño enrollado entre los dientes para que no se muerda la lengua.

—¡Vamos, señora, vamos! —ordena la gobernanta, mientras da tirones a la criatura de un pie—. ¡Respire hondo y empuje con todas las fuerzas de su amor!

—¡Viene de nalgas! —proclama Elisa, que no hace mucho acabó de leer un libro de anatomía, aplicaciones del mesmerismo terapéutico, y los usos y bondades del magnetismo y la electricidad estática en el cuerpo humano.

La señora se contrae como si se abrasara en una hoguera, se le desencaja el semblante y los esfínteres se le descontrolan con estrépito.

La gobernanta pide a gritos que le ayuden a tirar de la niña. Octavia reúne coraje y aferra el otro pie que comienza a asomar, y tira de él con demasiado ímpetu. La señora, desgarrada, emite un chillido, crispa las manos en el aire, pone los ojos en blanco y muere inmersa en una hemorragia.

—Esto es culpa de la electricidad —sentencia la gobernanta, mirándose las manos y los brazos cubiertos de sangre—. Antes no ocurrían estas cosas, y los niños nacían como Dios manda...

Un ser gelatinoso, envuelto en mucosidades y bolsas de humores, florece de entre las piernas de la muerta, que se agitan con los últimos estertores. Tiene una mata de pelo renegrido en la cabeza y viscosidades clausurándole los ojos y la garganta. Un enorme coágulo como un carbunclo se aloja entre sus piernas ateridas y oculta la naturaleza de su sexo.

—¡Es repugnante! —Elisa retrocede.

Águeda, que permanece sobre el vientre vacío de la señora, se tapa la nariz y resopla haciendo un gesto de asco.

—¡Es hermosa! —exclama la gobernanta, y eleva a la criatura por los pies, exhibiendo ante todas ese cuajarón de carne enceguecido por la luz. Le da palmadas en las nalgas para que llore, expulse los líquidos que le obstruyen la garganta y respire el aire que lo entregará al caos.

El recién nacido se estremece, vomita una papilla densa, oscura y hedionda, y rompe en un llanto similar al de un animal sacrificado. El cordón umbilical cae al suelo cuando la gobernanta lo corta con las tijeras de costura. Enseguida revienta el coágulo con las puntas de acero y deja al descubierto la naturaleza del sexo, naturaleza que oculta de inmediato al resto de las sirvientas.

—¿Qué nombre le pondremos? —pregunta Octavia, fastidiada por semejante ajetreo—. No lo dejó dicho, que yo sepa.

En medio del silencio, la placenta se desliza fuera del vientre de la muerta como un gelatinoso animal marino.

—Es verdad —asienten las demás—. No lo dejó dicho.

Con la criatura apretada contra su pecho envuelta en un *porte-infant* blanco de encaje que ella misma confeccionó copiando los patrones del antiguo catálogo *American Dress Pattern* conservado en su cuarto a buen recaudo, la gobernanta responde con firmeza:

—Hada de Azúcar.

Se miran unas a otras desconcertadas.

—La llamaremos Hada de Azúcar —reitera. Se queda pensando un rato y corrige—: Mejor, Hada Dulce; es más bonito. A la señora le hubiera gustado —y agrega muy para sí—: y será bailarina, la mejor. —Recupera el tono autoritario—: ¡Ahora, marchaos todas de aquí!

—Será bataclana, como su madre —musita Octavia cuando está a punto de atravesar el umbral.

—¿Qué es eso? —pregunta Belinda.

—Una bailarina puta.

En ese momento, la cabeza de la señora cae de lado como un fruto vacío. De su oído derecho emerge una hilera de diminutos y transparentes gusanos que nadie advierte. Caen al suelo, se dispersan y penetran por los orificios de los ojos y la boca de las muñecas de porcelana.

—Ahora marchaos. Yo me ocuparé de la criatura. Vosotras de la señora, de lavarla, vestirla y maquillarla para la foto. Josefa se ocupará de las flores.

—No hay rosas blancas... —explica esta, compungida—, se deshojaron hace unos días...

—Da lo mismo. Le pondremos azucenas y margaritas... o lo que quede vivo.

—Y ortigas —agrega Octavia.

Va a su cuarto llevando a la criatura bajo un brazo y el enorme costurero de mimbre en el otro. Amparada por los muros sordos que la separan de la alcoba donde yace la señora, Draya vuelve a coger tijeras, agujas e hilos. Su poderosa y persistente memoria olfativa le recuerda el conjuro ejecutado cuando arrojó hierbas salvajes a las llamas y considera llegado el momento de cumplirlo. Nadie podrá oír el llanto.

A altas horas de la noche, la gobernanta abandona su humilde dormitorio. Lleva envuelto en un trapo el costurero salpicado de sangre en cuyo interior, junto a las bobinas de hilos de seda multicolores y al dedal de bronce, guarda entre algodones un pequeño bulto mórbido. Recorre extensos pasillos penumbrosos, sube escaleras, cierra puertas detrás de ella hasta llegar a las buhardillas. Se detiene frente a una puerta estrecha, selecciona una llave del manojo y la abre; pero antes de entrar vuelve a echar una mirada alrededor para verificar que nadie la ha seguido. Y una vez dentro anuncia:

—He recuperado lo tuyo, Asrael.

En un rincón oscuro del cobertizo más alejado de la casa, desprovista de oropeles y de auxilio, de jofainas con agua hervida y de toallas perfumadas, teniendo por única compañía a las alimañas de la oscuridad y la mugre, Laura da a luz a una criatura rubia como el oro.

—Te llamarás Laureano —le dice muy quedo, extasiada en la belleza del niño.

Con los primeros llantos infantiles, ahogados por el heno y las parvas de paja, un fuerte viento que proviene del Sur se arremolina en torno a la casa, hace vibrar vigas maestras y tejas, mutila las flores dejándolas calvas, forma un torrente confuso y multicolor de pétalos que avanzan en desorden por los senderos de grava. Abejas y zánganos huyen a refugiarse en la dulzura de las colmenas y el resto de insectos y otras sabandijas se introduce en agujeros abiertos en la tierra. Draya, la gobernanta, en ese instante ocupada en ataviar el cuerpo de la señora con uno de sus mejores vestidos de bailarina, al que hizo un corte en la espalda para poder embutírselo, manda cerrar los postigos de todas las ventanas, recoger los pétalos y las hojas muertas que entraron y se esparcieron por los corredores, barrer y pasar los plumeros para quitar el polvo. Josefa, boquiabierta ante la ventana que se demora en cerrar, observa los tallos mutilados que se agitan con violencia; una ráfaga rebelde le arrebata el jazmín que se había puesto en la sien y el rostro se le descompone en mohines de llanto. Con los ojos bañados en lágrimas se resigna a cerrar los postigos y no ve el cielo cubrirse de vilanos: de un manto traslúcido, blanquecino como la leche aguada, que se suspende en lo alto y cae luego sobre el jardín formando un mullido tapiz.

En una atmósfera que quiere ser solemne, ante la rígida presencia del cuerpo de la señora, envarada con artificios que la mantienen erguida en una silla, enfundada en el traje de bailarina de raso blanco, rodeada de flores mustias que rescataron de los búcaros, y una vez que el fotógrafo le hizo el retrato de rigor, Elisa, con voz clara y alta, da lectura al testamento de la señora, fechado siete meses atrás, y hallado circunstancialmente en la librería acristalada de la biblioteca junto a los cuadernos de notas del señor. Lee cláusula tras cláusula sin omitir palabra o matiz, y se enteran de que todos los bienes muebles e inmuebles pasan a mano de Hada Dulce, cuya tutela queda por orden expresa a cargo de Draya, a quien también nombra albacea hasta que la niña cumpla la mayoría de edad.

En otro apartado, dona los autómatas —incluida la muñeca rubia bailarina— a una institución benéfica. Cláusula que no se comprometen a cumplir, pues por más que buscan poniendo la casa patas arriba, no dan con ellos.

La señora manifiesta también su deseo de que Hada Dulce reciba la instrucción adecuada a su abolengo y riqueza, y hace expresa mención de su ingreso en una escuela de danza clásica, sin miramientos de honorarios, desplazamientos al extranjero o dietas.

Contrariamente a lo que esperan, y para gran regocijo de todas, la señora manifiesta su firme voluntad de que la servidumbre permanezca en la casa en las mismas condiciones que rige el contrato original, hasta que la niña disponga de los bienes a partir de la mayoría de edad.

Acaso conmovidas por este gesto, deciden dar sepultura a la señora en el panteón familiar del señor, en lugar de hacerlo en el jardín, bajo el muro norte, junto a los estercoleros y basurales, como habían ideado en un primer momento a espaldas de Draya. El inconveniente de movilizar el pesado cuerpo, cuyo hedor comienza a inundar la casa, es resuelto gracias al ingenio y conocimientos de Elisa sobre las leyes de distribución de fuerzas de la palanca, y a la buena disposición de Josefa que no tiene reparos en desempolvar una de las viejas carretillas de jardinería e improvisar con ella una especie de transporte fúnebre de excelentes resultados. Superado el mayor inconveniente que fue bajar las escaleras, en las que Iris estuvo a punto de desbarrancarse un par de veces, atravesaron los salones inferiores en cortejo fúnebre silencioso, marcado por el impostado respeto que la gobernanta sentía por la señora.

Al entrar en la cripta, un fuerte olor a momia les echa para atrás. En los zócalos de mármol se acumula el verdín y densas telarañas lo cubren todo. La gobernanta se acerca al féretro en cuya tapa está escrito con letras de bronce el nombre del señor y emite un poderoso suspiro, exagerado a los ojos de las demás. Luego pasa la yema de los dedos por encima de las letras y arrastra el polvo acumulado.

A falta de ataúd depositan allí el cuerpo hinchado, que presenta los primeros signos de descomposición en el color amoratado del vientre, compartiendo un féretro ocupado por un tío lejano del señor, muerto hace tantos años que ni siquiera la gobernanta llegó a conocer, y del que no quedan más que huesos pulverizados formando curiosos montículos que recuerdan vagamente una forma humana, y de cuyos restos de mandíbula Laura sustrae a escondidas un diente de oro que brilla entre el ocre de la piel reseca.

—Está reunida con su amante esposo y con todos los suyos, a los que siempre amó —suspira la gobernanta.

Octavia compone un gesto de resignación que considera absolutamente necesario para la circunstancia, pues cree que la muerte es lo único que merece respeto.

Águeda siente curiosidad al ver el ataúd del señor y manifiesta al oído a Belinda su deseo de abrirlo, pero esta se ocupa de disuadirla diciéndole que olería muy mal por la forma en que murió.

—¿Cómo?

—¿Es qué no lo sabes?

—No —responde Águeda, confusa—, yo entré en la casa cuando ya había dejado este mundo.

Belinda se pinza los labios con los dedos indicando que de su boca no saldrá palabra.

Elisa tiene un gesto tierno y pone entre los brazos de la señora una muñeca de porcelana china con traje de paseo que recogió en el último momento.

—Tiene a la muñeca y a su tío político para charlar —sentencia Octavia, mientras deja caer la pesada tapa.

En ese momento, la gobernanta se escabulle hacia un rincón de la cripta retirado y oculto por una espesa cortina que se deshace al tocarla, y se queda de pie ante la lápida de un nicho en el que reza:

ALBA LICORNIA (1859-1880)

Y al pie, en letra más pequeña:

«No hay suficientes lágrimas.»

Deja a los pies una flor sustraída momentos antes del ramo que lleva Josefa, mientras en sus inconmovibles pupilas aparece una humedad efímera aunque verdadera. Luego regresa junto a las demás y decide dar por terminado el rito funerario. Una vez fuera, echa llave a la cancela y la arroja dentro a través de las rejas. Sentencia:

—Así, nadie podrá turbar la paz de la señora.

Josefa deposita junto a la cancela un ramo de flores silvestres y mustias improvisado con las únicas que halló con vida en el jardín cubierto de vilanos.

Segunda estación
LARVA

El año en que los cardos usurparon el lugar a las flores, Josefa luchó con todas sus fuerzas para erradicarlos: los arrancó de cuajo e hizo con ellos montones que una vez secos quemó; pero según los iba extirpando de un sitio crecían en otro; y por más que sembró semillas de aquileas, petunias, tagetes, claveles y margaritas; plantó esquejes de rosal y madreselva; enterró bulbos y rizomas de lirios, tulipanes, azucenas y dalias, jamás brotaron del suelo, y las pocas simientes que germinaron lo hicieron con tal debilidad, que no tardaron en morir cuando eran apenas una ramita de un verde enfermizo. Por fin, acabó doblegándose a la volubilidad de la naturaleza, a la arbitraria botánica cuyas leyes parecían dictadas por la tiranía de los cardos. Elisa consultó algunos volúmenes de botánica y jardinería y no halló explicación al fenómeno. La gobernanta echó la culpa de todo a la proximidad del fin del mundo y se cubrió la cara con las manos para no verlo.

A partir de entonces, Josefa emplea el escaso tiempo libre en confeccionar flores artificiales que suplan a las que cultivó durante toda su vida con tanto cariño y dedicación.

Desde la azotea donde tienden la ropa, a veces se distrae de las demás, se acerca a la baranda y se acoda para perderse en el recuerdo de la antigua fisonomía del prado: las manchas multicolores que formaban los parterres y macizos, las pérgolas dobladas por el peso de las glicinias, madreselvas y buganvillas. Hacia el oeste, antes de llegar a los cobertizos, estaba la huerta: su rigurosa geometría de surcos, las tomateras salpicadas de rojo, el zapallar con sus enormes flores amarillas, las altas cañas donde se enredaban los pámpanos de las legumbres, las hileras de acelgas, coles, lechugas y repollos, las cabelleras desordenadas de las cebollas, ajos y cebolletas, el cuadrilátero perfecto con perejil, y los macizos de hierbas aromáticas y especias. Ahora se ven obligadas a recurrir al proveedor que viene con el carro cargado de verduras dos veces al mes. El aroma que por la noche despedían los magnolios y las madreselvas, que tanto cautivaban a la señora y mitigaban su melancolía, cuando en las noches apacibles se sentaba en la amplia galería a rememorar el glorioso pasado en su tierra, deja paso a los efluvios pestilentes del basural y el estercolero próximos al muro norte, que aunque lejanos, llegan hasta la casa con una contundencia inusual y lo inundan todo hasta que se acerca el alba.

—Resignación —murmura la gobernanta acercándose a la barandilla y poniéndose junto a Josefa, que de inmediato abandona sus cavilaciones al percibir el olor a hierbas salvajes de Draya—. Es una señal del cielo —continúa—, una de las siete plagas que asolarán la tierra. —Pierde sus ojos en el tope del horizonte: el muro de piedra que circunda la finca como una corona de espinas—. Si esto sigue así, a este paso —agrega—, viviré para verlo, y no me hace ninguna gracia ver cómo se desploman los cielos sobre mi cabeza.

A pesar de los caprichos, los malos modales y la soberbia de Hada Dulce, Elisa jamás pierde la paciencia. Le enseña a leer y a escribir con el auxilio de unas láminas que le encargó dibujar a Belinda, y en las que figuran las letras del alfabeto acompañadas por una ilustración que alude a su propia inicial.

A un lado de la «A» está dibujada Águeda: delgada, alta, con sus generosos pechos. Para la «B», Belinda se hizo un autorretrato bastante estrafalario en el que lleva una mariposa multicolor en una mano, y al lado, más pequeña, puso a Blanca con su cara de eterno susto, pero exagerado. La «C» es una casa que vagamente recuerda a la que habitan, pero más simple y alegre, con un jardín florecido delante. Octavia y Josefa son el ejemplo de sendas iniciales. La «M» es una muñeca, y la gobernanta acompaña la «G», aunque es difícil reconocerla bajo la fealdad extrema con que fue ejecutada y por el desmesurado tamaño de la fusta que lleva a la cintura, de cuyo vergajo gotea sangre y forma un charco a sus pies.

Con todas estas láminas, que se ve forzada a pedirle a Belinda que rehaga cada vez que Hada Dulce se enfada y rompe alguna, le revela los secretos de la escritura: el arte de engarzar una palabra tras otra hasta formar frases coherentes y bonitas. Pero Hada Dulce únicamente heredó de su madre soberbia y maldad, y de su padre Asrael lascivia y torpeza, y se resiste a introducirse en los laberintos de la ortografía de los que reniega por incompresibles y a decir de ella absurdos. En primer lugar, renunció a la «h» muda por considerarla prescindible para el habla, y destruyó la lámina ilustrada con un hombre, con la excusa de que ella nunca había visto uno.

Años después, desde la academia en el extranjero, le escribiría a la gobernanta —cuyo destino ignoró hasta el mismo día de su regreso— unas cartas plagadas de errores, que Elisa jamás contestaría con el falso pretexto de haber perdido la vista.

—Ponte mis gafas —le había dicho Draya, pero Elisa le explicó la imposibilidad de usarlas diciéndole:

—Yo padezco presbicia, y de cerca no veo un pimiento. Y usted es miope y no ve nada de lejos; enfermedades, dolencias o desarreglos visuales radicalmente diferentes que necesitan de lentes opuestas: cóncavas en su caso, convexas en el mío. A usted le pasa lo que a Belinda, que tiene una vista privilegiada a pesar de los años.

A la gobernanta no le gustó nada aquello de que equiparase su edad a la de Belinda, pero se calló la boca de buena gana para no ponerse en evidencia.

A partir de aquel día, Elisa se vio forzada a leer a escondidas mientras la gobernanta permanecía en su cuarto o estaba atareada en otras dependencias de la casa, y contó con la complicidad de sus compañeras que procuraban mantenerse atentas a cualquier irrupción inesperada de Draya para comentar en voz alta: «Creo que lloverá», como santo y seña para que esta ocultara los libros bajo el delantal si estaba leyendo en la galería, o se mantuviera en silencio escondida en algún rincón si se hallaba en la biblioteca buscando alguno nuevo.

—Es una santa... —exclama la gobernanta, absorta en los juegos de Hada Dulce.

—Es una niña preciosa —apostilla Laura con falsía: no siente ningún cariño por ella a pesar de haberla amamantado durante los pocos meses que sus pechos fueron fértiles y dieron leche suficiente para ambas criaturas. Y continúa ordenando en los armarios.

—Cuando tenga unos años más la enviará a una escuela de danza para que cumpla los sueños de la cerda —le comenta por lo bajo Elisa a Águeda—. Ya lo verás, no tardará en ordenarme que envíe cartas a las mejores escuelas, de esas que se anuncian en las revistas de ballet a las que sigue suscrita.

Águeda se echa a reír y hace un gesto de incredulidad, que la gobernanta no ve:

—No tiene talento, es una negada. Un pingüino pondría más gracia bailando.

Hada Dulce, ajena a la presencia de las sirvientas, juega sobre la alfombra con las muñecas que fueron de su madre, y que bajo sus manos torpes han perdido lozanía: están desportilladas, les falta algún ojo o los párpados móviles, conservan solo algunos mechones de pelo de muerto, tienen los trajes desgarrados y sucios, o están desnudas y dejan al aire las toscas articulaciones de trapo, o las rótulas perfectas de madera, o les falta algún miembro. El mecanismo de la bailarina autómata que construyó el señor tampoco funciona y ahora es una especie de pelele desarticulado.

—Es una niña muy guapa —repite Draya, que ve en ella un reflejo de su propio hijo que también fue buen mozo, a pesar de sus pocas luces y falta de firmeza para contener sus bajos instintos.

La niña imagina que las muñecas son sus hijas hermosas, de luminosa mirada. Arropa con trozos de trapo a la bailarina, cuyo tutú es un guiñapo ajado desprovisto de lentejuelas, y le dice palabras cariñosas, la arrulla entre sus brazos y enseguida la pone de pie en la única pierna y la hace bailar al compás de una música imaginaria. Se ofusca de repente —su carácter irascible está regido por inexplicables humores heredados de su madre—, se siente contradicha en algo y la desnuda, le arranca las manos de un tirón y las arroja al otro extremo del cuarto donde al dar con el suelo se parten en varios trozos.

Laura se apresura a recogerlos y a meterlos en la caja donde guardan los despojos de otras muñecas, y los ojos de vidrio, que fueron a parar bajo la cómoda, los pone junto a otros en una lata vieja de galletas.

La gobernanta hace un gesto de profundo fastidio: sufre cada vez que la ve destrozar las hermosas y caras muñecas que fueron de la señora Iris, que el señor trajo de Europa.

Hada Dulce repara por primera vez en ella, se aparta de un manotazo un bucle renegrido que le vela un ojo, y le pide que ordene a Marisa que le haga bizcochos de claras de huevo y rosquillas con jarabe de arce, también un tazón de chocolate espeso y muy caliente.

—Reventará como reventó su madre —murmura Octavia.

La gobernanta ordena a Laura que deje lo que está haciendo, baje a las cocinas y participe a Marisa los deseos de la niña. Esta, de nuevo concentrada en el juego maternal, descuartiza otra muñeca y le hunde sin piedad los ojos con el índice.

La gobernanta vuelve a emocionarse al observar los ojos enormes de su nieta secreta cuya esclerótica, de tan blanca, es casi azul celeste, como si en ella se reflejase el cielo. Por su mente cruza un recuerdo vertiginoso como un relámpago, y ve en él la escena abyecta de las bodegas. Aparta con un breve gesto las imágenes que laceran su retina, y vuelve a centrar su atención en la niña, se acerca a ella, le acaricia los bucles:

—¡Y ahora, a ensayar! —y va en busca del estuche plano de marquetería.— Vosotras, dejadnos solas.

La niña resopla, refunfuña mientras las criadas se retiran a las cocinas.

La gobernanta esparce por el suelo las láminas de la coreografía en el orden que intuye o recuerda, porque no sabe leer ni siquiera los números. Da cuerda al gramófono y pone la *Danza de los Mirlitones*, y le enseña los pasos según una coreografía que ella ejecuta previamente a duras penas, improvisando pasos con entusiasmo a pesar de la artrosis y de la arritmia cardíaca que le produce una inmediata fatiga. Hada Dulce se mueve con desgana y torpeza, engañada por su falta de oído musical, por el poco entusiasmo que pone. Pero la gobernanta ve en ella un talento único, y oye en su cabeza voces que auguran un éxito muy próximo, e imagina un teatro repleto de público, de distinguidas damas y elegantes caballeros —como lo fueron Alba Licornia y el señor, que en paz descansen—. Ve también un gran escenario iluminado, como los que aparecen en las ilustraciones de las revistas, imagina la gravedad del silencio que precede a la obertura de la orquesta, la ansiedad ante los primeros compases —como se lo describió infinidad de veces Alba Licornia a la vuelta de cada función, con las mejillas arreboladas y los ojos chispeantes de entusiasmo—. Y en su mente perfila la silueta de Hada Dulce, espléndida y ya hecha una atractiva mujer, altiva como un junco, de pie en medio de la escena, dispuesta en *preparación adelante*.

—... y uno, y dos, y tres, y cuatro, *pas bourré*, y dos, y tres, *battement*... —y lleva el ritmo haciendo palmas, o dando con un tacón de sus botines de charol en el suelo. Hada Dulce, con el rostro demudado en un rictus de altanería, elabora un complicado paso, salta y pretende hacer un *grand jeté en avant*, pero apenas si se mantiene estable sobre las puntas agudas de las zapatillas de raso, que amenazan con partirse en dos. Algunas de sus poses resultan francamente patéticas por su falta de gracia y elegancia, pero la gobernanta no lo ve así: convencida del talento de la niña de sus ojos, como siempre le ocurre en momentos como esos, se conmueve y su corazón se reblandece. Darle clases le ayuda a apartar de su cabeza el miedo al fin del mundo que cada día que pasa se convence más de que le tocará vivir y padecer en sus carnes.

Bloquea el gramófono, levanta la aguja:

—Por hoy vale. Debo marcharme. Hay mucho que hacer en una casa tan grande como esta: limpiar, ponerlo todo en orden, vigilar a estas desalmadas que no puedo dejar solas porque en cuanto me doy la vuelta me hacen alguna trastada... —se acerca a la niña para besarla—. No tardarán en subir tu merienda, mi amor.

La niña vuelve la cara, no quiere que la bese, y le enseña una lengua rosada y larga que la gobernanta aborrece porque le recuerda a la pequeña gárgola del canalón de la galería.

—¡Vieja lagarta! —le grita.

Draya se indigna. Defraudada, le cuesta hallar indicios claros de su propia sangre circulando en las venas de la niña: los vestigios de su estirpe servil, de su impronta imborrable parecen estar ausentes. Sin embargo, tiene la certeza de que Hada Dulce es hija de su propio hijo Asrael, porque algunos estigmas familiares heredados lo demuestran sin lugar a dudas: esa irrefrenable inclinación por la carne. Piensa en la caprichosa y compleja naturaleza de la sangre, que según circula por la intrincada red de arterias, toma atajos extraños para llegar antes a destino, o bien se demora en recónditos parajes por misteriosa voluntad o —a decir de Elisa— por precisas leyes magnéticas, eléctricas o mesméricas. Y a ella, todo eso, le parece injusto.

Laura aprovecha que está sola en las cocinas y coge una pequeña cesta llena de galletas de piñones, pasteles de higo, caramelos de vainilla escarchada, y otras complejas y exquisitas confituras de las que prepara Marisa, y se encamina sigilosamente hacia el cobertizo.

—Laureano —llama con dulzura, asomando la cabeza por la puerta entreabierta.

De la penumbra emerge la figura delgada de un niño con cabellos rizados, dorados como el oro, que al ver a su madre esboza una sonrisa dulce y tristona. Laura se adelanta y le ofrece un pastel de los que lleva en la cesta. Lo besa con ternura:

—Ahora debo irme. Volveré en cuanto pueda —le dice, a la par que deja la cesta al alcance de su hijo—. La gobernanta anda por ahí merodeando y me echará en falta si no me encuentra.

El niño, para comer, se agazapa en un hueco formado por la leña. Todo lo hace a escondidas. Desde allí, a través de la puerta entreabierta, ve la silueta de su madre: delgada, todavía flexible, que se aleja, cruza los jardines con especial cuidado en no pincharse con las espinas de los cardos, y desaparece dentro de la casa, tragada por la puerta de servicio.

Tiene el hábito del silencio, de la quietud; pues su madre le enseñó a pasar inadvertido y a permanecer oculto. Hubo un complot en el que todas participaron: dijeron a la gobernanta que el niño había nacido muerto; cavaron un hoyo y enterraron en él un conejo desollado envuelto en mantillas; sobre el montículo de tierra removida clavaron una cruz de palo sin nombre, de la que colgaron una corona de primorosas flores artificiales que hizo Josefa con retazos de trapo y alguna que otra lentejuela que halló dispersa. La gobernanta se tragó el anzuelo, pues desde la ventana en donde presenciaba el falso entierro, únicamente vio un frágil cuerpo sanguinolento que devolvían al polvo, y oyó llantos tan bien fingidos, que incluso ella derramó una lágrima mientras pensaba: «mejor así, pues Laura tendrá más leche para la niña».

Pero los pechos de Laura se marchitaron muy pronto, sus senos prietos y enhiestos, rebosantes de leche tibia, se volvieron escuálidos y yermos debido al apetito de ambas criaturas, y sobre todo al de Hada Dulce, cuya voracidad los agotó prematuramente al cabo de pocos meses, y la gobernanta se vio obligada a criarla con la leche de una cabra vieja y salvaje, a la que Elisa puso el misterioso nombre de Amaltea, que merodeaba en las inmediaciones de la casa, y que Águeda ordeñaba cada mañana después de fatigosas persecuciones y esfuerzos por sujetarla, pues la leche de vaca traída por el proveedor en días alternos se agriaba nada más pasar la puerta de las cocinas. Durante años, ninguna de ellas, ni la gobernanta, ni Belinda —uña y carne con Octavia—, supo que era ella quien cortaba la leche con zumo de limón y vinagre de vino. Tal vez por esta razón, a la niña le quedó para siempre ese olor agrio tan repelente pegado a la piel.

Cuando Elisa acaba con las lecciones, aquejada de fuertes dolores de cabeza provocados por la tozudez de Hada Dulce, se retira y se oculta en la biblioteca donde procura hallar sosiego en las páginas de ciertos libros ligeros, de aventuras en parajes extraños y lejanos, o con lecturas de infatigables viajeros que surcaron los océanos, los desiertos y todos los continentes. «Mi cabeza no está para ciencias», piensa.

Mientras tanto, la gobernanta decide que ha llegado la hora del baño, ordena llenar la bañera, dejar a mano las toallas y esencias olorosas, y les pide a todas que abandonen los aposentos de la niña.

—Marchaos, marchaos, que no os necesito.

Temerosas de la fusta que oscila en su cintura y que tanto conocen, hartas de su lenguaje brutal articulado en sus carnes con renglones de fuego, salen en silencio. La gobernanta se cerciora de que no queda ninguna escondida y cierra la puerta con dos o tres vueltas de llave.

—Y ahora, el baño.

Desnuda a la niña con sumo cuidado para no macular su frágil cuerpo con sus manos ásperas de tanto servir.

Envuelta únicamente con las luces del crepúsculo, que penetran oblicuamente por los losanges multicolores, la niña es como un suspiro que antecede al sueño. La mira largamente y reconoce líneas, volúmenes, formas que son el rastro de un linaje agónico, tal vez vivificado por la sangre de otra casta también a punto de morir, cuyo blasón es la obediencia; pero intuye que estos rasgos de sumisión están ausentes, y que únicamente brotaron los otros, los de la soberbia y la maldad. Hubo un daguerrotipo de la señora, incrustado en un medallón de oro, de cuando era niña, vestida de bailarina, que es casi un calco de Hada Dulce, pero una mañana, a los pocos días de la muerte del señor, mientras todas dormían, ella se ocupó de hacerlo desaparecer arrojándolo al cubo de las cenizas. Cuando al cabo de los meses la señora Iris lo echó en falta y le preguntó por él, le dijo que seguramente lo habría hurtado alguna urraca ladrona:

—Ya sabe... se llevan todo lo que brilla, y como la ventana está siempre abierta por el calor...

Aparta los pensamientos, olvida algunos, pero fija otros mientras la levanta en vilo y la introduce en el agua perfumada.

—¡Quema!

—No digas memeces —la regaña—. El agua está muy bien así: templada, como a ti te gusta.

Se resigna y se abandona a las manos diestras de la gobernanta: las únicas que conoce, las únicas que tocan su cuerpo en flor. Unas manos cuyo abanico de pasiones y destrezas ignora, y de las que solo conoce ciertas caricias, y también algunos castigos.

La enjabona y hace abundante espuma blanca, la restriega con esponjas naturales muy suaves, vierte esencias y líquidos balsámicos en el cabello renegrido y ensortijado, recorre con la esponja los pliegues previamente separados, y le frota con suavidad el pubis reseco, cuyas cicatrices atestiguan sus artes. La niña hace una mueca de dolor y cierra los párpados con fuerza.

—¡Me escuece! —lloriquea. Se rebela poniéndose de pie en la bañera y salpicando a la gobernanta—. ¡Puta asquerosa! ¡Me haces daño, zorra!

Sin perder la paciencia Draya intenta convencerla de que vuelva a sumergirse, pero la niña se niega:

—¡Perra, déjame en paz!

—Tienes que bañarte, mi vida...

Pero no le hace caso. Por fin se decide a usar la fuerza y la sumerge hasta el cuello. La niña, indignada, rompe a llorar y se orina de rabia tiñendo de verde-amarillo el agua jabonosa.

—¡Guarra! ¡Eres igual de zorra que tu madre, esa gorda asquerosa y sucia que te parió entre la mierda! —A la gobernanta le es imposible controlar la furia y le pellizca los glúteos con fuerza desmedida. La sacude por los hombros, la abofetea en ambas mejillas y vuelve a increparla. La niña se deshace en un mar de lágrimas, chilla como un animal herido, berrea, toma aliento y escupe a la gobernanta en la cara.

Impotente ante la rabieta de Hada Dulce, que llora, chapotea y lo salpica todo, la gobernanta la deja dentro del agua orinada, cubierta de espuma y de lágrimas, y corre a pulsar el timbre —del que no puede evitar recelar cuando piensa que puede darle una descarga—, pidiendo ayuda. Empapada y oliendo a orines, la saca del agua y la envuelve en una amplia toalla: cubre la desnudez que solo ella conoce.

La niña tirita y maldice, pero, exhausta, deja de resistirse a las manos de la gobernanta. Cuando las sirvientas llaman a la puerta les dice que se marchen, que ya no las necesita. Seca a Hada Dulce, le distribuye a los lados los tirabuzones, la perfuma y la viste con el tutú; luego despliega las láminas de Lev Ivanov con los pasos de baile y le enseña a ejecutar un *grand jeté* y también el *pas de chat* que dejó dibujado su madre.

—Fue una gran artista, no lo olvides nunca: la memoria de una madre es sagrada —y le señala con un dedo el retrato de la difunta hecho al día siguiente de su muerte, enmarcado en plata vieja, que reposa sobre la exquisita consola de nogal.

Llueve y está aburrida: tiene prohibido salir. Durante horas Hada Dulce procura entretenerse ojeando las revistas de danza que cada año aparecen en el buzón junto a la cancela, y cuyas suscripciones la gobernanta paga puntualmente según las órdenes establecidas en el testamento. Echa un vistazo a los cupones de prestigiosas escuelas de danza clásica, que ofrecen sus servicios y garantizan sus resultados poniendo como ejemplo a célebres figuras surgidas de sus aulas, y también fija su atención en otras academias privadas cuyas ofertas no comprende cabalmente. Coge las tijeras y recorta bailarinas con intención de hacer un álbum con las más famosas, pero deshecha la idea y las destruye rompiéndolas en trozos pequeñísimos, que arroja al jardín desde la ventana.

Acodada en el alféizar, contempla el mundo conocido, que no va más allá de los altos muros que rodean y limitan la finca, y acotan un jardín cuyo esplendor hace tiempo que se disolvió en el abandono, invadido por los cardos. Mira e intuye la intemperie como algo incomprensible y hostil cerniéndose al otro lado de las rejas erizadas, algo cargado de presagios. Juguetea con una muñeca de papel maché tuerta y desnuda, que emite una palabra metálica cada vez que la mueve: «Mamá». La sienta en el alféizar y la muñeca calla. Con su único ojo verde también ella parece observar el jardín, los muros; e intuir el miedo. En el orificio de la cuenca vacía anida la oscuridad. Goterones espaciados mojan la cabeza calva, estallan sobre la superficie barnizada, la ablandan, y forman regueros de pintura por las mejillas.

Llama a la gobernanta y le pide que ordene subir a Laura.

—¿Para qué?

—Quiero jugar con ella.

Baja en busca de la criada. Una vez en las cocinas, la enfrenta y la alecciona de cómo debe tratar a la niña, recomendándole que le obedezca en todo y no la toque, que no ose siquiera rozar sus cabellos. Laura asiente con un gesto mudo. Tiene en los ojos una melancolía profunda, inextirpable.

La puerta de la habitación está entreabierta, la empuja y se queda de pie en el vano. Al fondo, en un rincón, Hada Dulce juega sobre la alfombra, levanta la vista de las muñecas y se queda mirándola.

—Pasa.

Avanza unos pasos, no exenta de recelo, procurando no hacer ruido con las chanclas ajadas.

—Entra —insiste—. Quiero que juegues conmigo a las madres.

Se sienta a su lado, entre una multitud de muñecas mutiladas, rodeada de brazos arrancados, torsos cuya estopa escapa de los vientres de trapo como flores enfermizas, cabezas calvas, mecanismos y contrapesos de plomo con ojos engarzados como extrañas joyas, zapatos diminutos, biberones igualmente minúsculos, resortes y bocinas enmudecidas.

Acunan los despojos, los bañan en pequeñas bañeras, los visten con jirones, e introducen papillas en las bocas que se ofrecen lascivas. Los cuerpos rellenos de estopa rezuman líquidos espesos y exhalan un tufillo agrio de papillas acumuladas, similar a ese olor característico que despide la piel de Hada Dulce.

—Esta es muy mala —y señala una muñeca rubia, sin piernas, sin brazos, vestida con un traje de organdí rosado, con restos de encaje, y costras de grasa endurecida en el pelo.

—Y esta es muy buena —afirma Laura, cogiendo una cabeza tuerta, con la cabellera a medias arrancada. Dentro resuena un contrapeso suelto y el ojo ciclópeo pestañea.

Hada Dulce le arrebata la cabeza y la arroja lejos.

—¡Guarra!

Y la cabeza da de lleno en un arcón y se parte en dos con un ruido de taza rota. Salta el único ojo que se aleja brincando hasta desaparecer bajo la cama. En las mitades permanecen adheridos racimos de huevos blancos de falenas.

—Era una cerda —se justifica—. Como tú. —Mira a la criada a los ojos, que parecen perdidos en la vaguedad, fijos en otro espacio y otro tiempo—. Ahora quiero que me lo enseñes —la voz autoritaria de la niña la extrae del ensimismamiento.

—¿Otra vez?

—Sí.

Accede. Se arremanga la falda lentamente, sin poder evitar el azoro que asoma a sus mejillas. La niña sonríe. La sirvienta continúa hasta dejar al descubierto sus muslos tersos, el vértice penumbroso y rizado que se insinúa bajo la tela fina y holgada. La niña extiende una mano y la coloca encima de la blanda superficie, apenas roza el pubis con respeto. Sus labios dibujan el rictus de la gloria. Levemente, con suavidad infinita lo acaricia como si fuera un animal herido y asustado.

Hace cierta presión sobre el mullido triángulo y murmura:

—¿Por aquí salen los niños?

—Sí.

—¿Los niños muertos?

—También...

Se queda pensando. Vuelve a ejercer presión:

—¡Mentiras!... ¿Es mío?

—Sí, es tuyo —claudica al juego perverso. Y nota la mano cálida que comienza a cerrase sobre la mata de vello.

—Es mío, sí —y cierra el puño con fuerza. La muchacha siente alfileres clavándose en su carne a través de la tela ordinaria.

—Más —ordena la niña soltándola de repente—. Quiero más —y se incorpora, se pone de rodillas, abrazada a un torso de muñeca reventado. La criada se pone de pie, se sujeta las faldas a la cintura con un nudo. En las piernas tiene largas huellas, líneas oscuras dibujadas con la fusta de la gobernanta. Se baja los calzones de algodón. Sin soltar el trozo de muñeca al que se aferra, la niña contempla embelesada el rigor y perfección de la creación y no puede evitar hacer comparaciones que la sumen en una confusión irremediable que la llena de dudas, de interrogantes cuyo peligro intuye vagamente. Una humedad efímera se desliza entre sus piernas, sin llegar a manifestarse como una mancha en el vestido azul de gasa. Absorta en el pubis oscuro de la sirvienta, con una sonrisa de plenitud congelada en los labios húmedos, como una autómata extrae del torso jirones de estopa gris y los dispersa a su alrededor.

Cuando todos la creen dormida, cuando incluso la gobernanta lleva horas sumida en un sueño profundo, Hada Dulce abandona la cama, recorre la penumbra cuyos recodos domina a la perfección, y se aventura hacia los bajos. Cruza las cocinas, a esas horas olorosas a lejías y a matarratas, a jabones de sosa y a desperdicios fermentados, sortea los cuerpos exhaustos de las sirvientas que yacen apretadas unas a otras en los jergones junto al rescoldo, atraviesa el jardín bañado de luna por senderos abiertos entre los espinosos cardos azules, y entra en el cobertizo, donde sus ojos negros tienen que esforzarse para descifrar la oscuridad; y percibe de golpe el aire húmedo, pegajoso, y el olor de los hongos y líquenes, y también la fragancia irresistible del niño de los rizos de oro.

No es esta la primera vez que en la penumbra tiene lugar la ceremonia de iniciación en la cual dos seres se descubren en la semejanza y en la diferencia. Frente a un trozo de espejo todavía sujeto en el interior de la puerta de un armario perforado por la carcoma, se contemplan desnudos. Más allá de la fina lámina de azogue ven dos seres extraños, invertidos, sacando a la luz su lado más oculto, planteando los enigmas de la carne e intentando rasgar el velo que oculta los misterios sagrados de la naturaleza.

Hada Dulce se señala el pubis:

—¿Ves este agujerito? Por aquí salen los niños muertos como tú...

Y al chico se le encoge el corazón en un puño, reprime las lágrimas y calla.

Después, ella curiosea la incomprensible entrepierna de su compañero de juegos, donde se aloja ese extraño apéndice, que de solo rozarlo con sus dedos, reacciona y se encabrita sin motivo aparente.

—...Eres como el príncipe rubio del disco... y algún día me casaré contigo.

Belinda padece frecuentes insomnios a medida que se hace más vieja, y aprovecha esas horas para trabajar en sus abigarrados y enigmáticos cuadros. Con paciencia infinita, provista de unas minúsculas tijeras, recorta frágiles alas de mariposa, troquela élitros de cucaracha rubia y mosca carroñera, expone los recortes ante la llama de la lámpara de keroseno para detectar el sentido del brillo y de los tornasoles, y los pega con la ayuda de una pinza y un pincel sobre un trozo de cartón. Son pocas las mariposas muertas o agonizantes que halló en el jardín bajo la farola, que algunas veces, por olvido de Águeda, permanece encendida durante la noche; y aunque su voluntad y certeza de movimientos están firmemente dirigidos a su obra, su cabeza divaga en el recuerdo: hace recuento de los años vividos en la casa al servicio de los señores y bajo las órdenes de la gobernanta. Con cierta nostalgia rencorosa, rememora los años esplendorosos de boato y de lujo de los que únicamente quedan pálidos reflejos: los tiempos de Alba Licornia, antes de que el señor viajara a Europa cuatro años después de la muerte de esta y regresara con la que sería su esposa. Apenas guarda recuerdos del señor, de su blancura enfermiza, de sus manos delgadas, de su elegancia y caballerosidad; muchas veces se le hacen inasibles, evanescentes, y lo ve todo como entre la niebla. Recuerda con especial cariño las largas veladas en las que se oía música o poesía; los bailes de disfraces organizados por Alba Licornia, que se prolongaban hasta el amanecer, siempre precedidos por el buen gusto y la finura de sus invitados. Lamenta no poder volver a contemplar su retrato al óleo —que desapareció misteriosamente días después de su súbita muerte—, un retrato fiel que perpetuaba su belleza. Y con su muerte desaparecieron la alegría y felicidad de la casa, y también se esfumaron las ganas de vivir del señor, que jamás tuvo consuelo, y que pretendió hallarlo cuatro años después en la imagen exótica de su flamante esposa, artista de la danza y célebre en el extranjero, en la lejana Europa. Recuerda que paliaba su melancolía construyendo los ingeniosos y bonitos autómatas que mantenían embobada a toda la servidumbre: el mono pianista, cuyo diminuto instrumento arrancaba los sonidos de *La Polonesa*; el niño dibujante, capaz de hacer treinta y tres dibujos diferentes, todos ellos perfectos; la japonesita que caminaba en círculos y a cada vuelta saludaba con una inclinación de cabeza; el viejo bebedor de cerveza y la cantinera que le llenaba la jarra. También hizo otros que nadie llegó a ver: los construyó a escondidas al poco tiempo de caer poseso de unas fiebres extrañas que le producían visiones... se pregunta dónde habrán ido a parar todas esas preciosidades que tanto la hacían reír, por qué el señor los habría hecho desaparecer antes de morir... También oye los ecos de las amargas discusiones con la señora Iris, la impotencia del señor, la furia y posterior melancolía que lo llevó prematuramente a la tumba, a pesar de los desvelos que Octavia y ella misma pusieron en atenderlo, a pesar de las innumerables eminencias que lo visitaron, y de las tisanas calientes y amargas de la gobernanta, capaces de revivir a los muertos. Ni siquiera a Octavia le dijo lo que vio aquella noche cuando pasó frente a la alcoba a altas horas, ni tampoco lo ocurrido esa misma madrugada cuando amanecieron las cocinas sin rescoldos y el fuego se resistió a encender.

Corta y pega el último trozo de ala de mariposa nocturna y expone el cuadro acabado ante la exigua lámpara. Las escenas representadas en sus cuadros únicamente pueden verse según les incida la luz; por esa razón ninguna las comprende, no ven en ellas figuras concretas, sino manchas de colores, un caos de líneas, y numerosas iridiscencias que molestan a la vista.

Belinda agrega un toque verde metalizado de mosca carroñera. Sonríe de satisfacción ante la escena en la que se ve a la señora Iris, en peinador, vertiendo unas gotas espesas y oscuras en la tisana que daría a beber a su esposo, el cual, ajeno a todo, dormita en una butaca, en el lado derecho del cuadro.

Desde entonces su ley fue el silencio: supo que para sobrevivir era mejor callar, pasar inadvertida, hacerse transparente la mayoría de las veces, o desaparecer tragada por la oscuridad de la noche.

—¡Todas en fila! —ordena la gobernanta.

A excepción de Belinda y Octavia, las demás dejan a un lado perolas y espumaderas, chinos y cedazos, cuchillos y coladores, y se colocan como si tuvieran que pasar revista.

—La niña quiere que suba a jugar una de vosotras. La más mala, la más puta —y suelta una carcajada que reverbera en el interior de las cacerolas inmensas que cuelgan vacías y relucientes de las paredes. Ellas murmuran y en el semblante se les dibuja la inquietud, un nerviosismo creciente.

—¡Silencio! —hace restallar la fusta.

Bajan la cabeza, clavan la vista en sus pies, en las chanclas ajadas y viejas.

—¡Miradme a la cara, zorras! —y en ese momento repara en Josefa, que lleva en el pelo prendida una flor oscura hecha de trapos y alambres—. ¡Quítate eso, guarra! No piensas más que en adornarte la mata de estropajo que tienes por pelo. ¡Ponte una corona de cardos, que va mejor con tu cara avinagrada y tu boca sin dientes! —y se echa a reír a carcajadas. Josefa se quita la flor y la guarda en un bolsillo del mandil. Refunfuña y le saca la lengua cuando le da la espalda.

Belinda y Octavia, que por sus años están exentas de los gustos de Hada Dulce, siguen enfrascadas en sus tareas, sin hacer demasiado caso a lo que ocurre.

La gobernanta se pasea de un extremo a otro de la fila, pasa revista con la fusta en una mano y dando golpes secos en la palma opuesta. Carraspea, se aclara la garganta antes de hablar. Las mira una a una a los ojos para leer los signos del miedo. Hace balance de los castigos que impartió a lo largo de los últimos días. Se detiene en seco.

—¡Tú! —y señala con la fusta a Blanca, quien enseguida baja la cabeza, junta las manos sobre el vientre y enrojece de vergüenza y de miedo.

Las demás sonríen con los labios apretados y echan miradas de soslayo a la elegida. Algunas no pueden reprimir su humor y dejan escapar una risita ahogada. Salvo Laura, que conoce muy bien los caprichos de Hada Dulce.

—¡Callaos! —corta en dos el aire con la fusta, divide el miedo—. ¡Perras sarnosas!

Blanca tiene el mismo rictus en el semblante que una condenada al cadalso. Toda ella tiembla, se le aflojan las piernas, y dirige los ojos implorantes hacia Octavia.

—La niña quiere que subas a jugar con ella —repite. Y sonríe, altanera, jugueteando con la fusta.

Octavia la mira y se alza de hombros indicándole que deberá resignarse.

La criada no puede contener un llanto bajito, hiposo, con abundantes lagrimones. La gobernanta la agarra por el cuello de la blusa y la atrae hasta pegar su cara a la de Blanca, que nota una bocanada de aliento fétido, un fuego corrompido, y traga saliva.

—¡Te he ordenado que subas de inmediato, asquerosa alimaña! ¿Es que te has vuelto sorda de repente? ¡Camina!— y le da una patada en el trasero. La sirvienta sube las escaleras, desaparece en el primer rellano, sin dejar de llorar.

—Y a vosotras... que no os oiga cuchichear...

Cada una continúa con su labor: ponen a hervir verduras y legumbres, amasan en las artesas, pican cebollas, estrujan a dúo sábanas blancas empapadas, trituran frutos secos en el mortero, cuecen cenizas para hacer lejías; en riguroso silencio, serias, sin mirarse, a la espera de que la gobernanta desaparezca para desternillarse de risa.

Una vez a solas, después de haberse burlado a gusto de la gobernanta y de la mala fortuna de Blanca, Octavia conjetura en voz alta mientras las demás siguen con atención su discurso:

—Esta niña tiene la sangre espesa y agria, la bilis verde y venenosa como un escuerzo, y de una amargura tal, que destruye cuanto se cruza a su paso. Es mala por naturaleza, como la cerda de su madre..., y precozmente buscona también. Su alma, si la tiene, es una especie de trozo de carbón duro y negro, pero dispuesto a encenderse en cualquier momento y tragarse al mundo con sus llamas... No será bailarina, no: sus piernas no valdrán más que para abrirse ante el primer hombre que se le ponga a tiro y engendrar monstruos como ella. Y con los años se pondrá gorda y rechoncha, como su madre...

—Exageras... —la interrumpe Belinda.

—Y tú vives en Babia, y chocheas. Así que será mejor que calles.

Blanca entra en la habitación de baile. Se ha secado las lágrimas con el ruedo mugriento de las faldas y ensaya una sonrisa convincente; aunque tiene los ojos delatores, enrojecidos, brillantes, que le devuelven su propia mirada temerosa desde los altos espejos del fondo.

La niña lleva el tutú blanco recamado de lentejuelas y canutillos que le hizo la gobernanta, los bucles recogidos fuertemente a la nuca, una diadema escarchada de diamantes falsos, las zapatillas de punta inmaculadas. Su pureza podría llegar a conmover. En el gramófono comienza a sonar *Cascanueces*. Está de pie, en *preparación adelante*, y cuando repara en la criada, que apenas ha cruzado el vano, deshace la posición.

—¡Ah!, eres tú, Blanca, la más mala, la más estúpida... y la más guapa, después de Laura.

La criada se acerca, temerosa, aunque resignada.

—Quiero que juguemos —retoma la posición poniendo los brazos en *cuarta* y los pies en *quinta*. Tiene un gesto exaltado de naciente grandeza, y un velo de sombra en sus ojos renegridos—. Será nuestro juego secreto —y le guiña un ojo con picardía.

La criada se dirige a un extremo del salón. Su figura cansada se reitera en el inmenso espejo mural y forma antítesis con la imagen inmaculada de la niña, como una efigie en el inicio de un rito. Blanca descorre una cortina que oculta la enorme casa de muñecas construida por el señor hace muchos años, por rogativa de la señora en una de sus cartas desde Europa, cuando todavía eran novios por carta, y que es similar a la propia finca, en menor escala.

La niña baila la *Danza de los Mirlitones*, ejecuta un *piqué, arabesque y relevé*, que no resulta de su gusto, y vuelve a empezar, pero fuera de ritmo, a destiempo. Y cada vez que traza en el aire el arco elegante de un *grand jeté* o acomete la gracia de un *pas de chat*, seguido de una *pirouette*, se desequilibra al caer de puntillas y revienta el yeso de las zapatillas, las parte en dos y debe sustituirlas por otras nuevas, que habrá que pedir a Europa.

A gatas, dada la pequeñez de la puerta, Blanca se mete en la casa de muñecas y se sienta en el suelo:

—Ya estoy lista —asoma la cabeza por una ventana minúscula y sonríe con amargura.

Hada Dulce se detiene, deja de girar y dar saltos sin ton ni son. Entra también en la casa de muñecas y cierra la puerta.

—Tú eres mi madre y yo soy tu hija del alma, la luz de tus ojos y el motor de tu corazón —y agrega muy solemne—: Si yo muero, tú mueres.

La sirvienta asiente.

—Ahora me desnudarás y me dirás que soy la niña más hermosa del mundo, la mejor bailarina y una princesa, y que cuando sea mayor me casaré con un príncipe como el del disco —se vuelve dándole la espalda a Blanca, que, temblando, alarga una mano vacilante hacia los numerosos corchetes y comienza a quitarle el tutú horizontal, luego las cintas que sujetan las zapatillas de punta quebradas. Bajo sus manos ásperas aparecen las carnes blancas de la niña, que al menor roce se colorean de rosa—. Ahora cierra los ojos.

Ella obedece, temblando más que nunca.

—¡Tócame y acaríciame por todos lados... menos donde tú ya sabes! —dice esto último en un tono conminatorio, acompañado por una mirada de hielo.

Blanca siente bajo sus manos la suavidad y tibieza de la piel, las formas rígidas de los huesos, el palpitar furioso y sincopado del corazón. La niña suspira. Con los ojos cerrados, inmutable, se deja acariciar, se entrega a un placer inmenso:

—Soy la mejor bailarina del mundo, dilo.

Blanca repite lo ordenado y agrega otros halagos aprendidos desde tiempo atrás. Sus manos torpes rozan levemente la nuca de la niña y el cuello, descienden por los hombros, el pecho liso, palpan los pezones apenas insinuados, el vientre donde circunda el ombligo con el índice, las caderas estrechas... una mano se aventura hacia el pliegue de las ingles, aprovecha el éxtasis de la criatura y roza una almendra palpitante, hendida y ligeramente húmeda...

—Sigue, sigue...

Percibe el terciopelo suave e incipiente que corona la almendra y su mano se explaya hacia abajo, donde presiente que el calor se genera... Bruscamente paraliza su búsqueda, abre los ojos y mira hacia donde no debe hacerlo. Se lleva las manos a la boca y ahoga un grito de espanto.

—¡Cerda! —Hada Dulce le asesta una bofetada sonora—. ¡Vete de aquí, puta asquerosa! —y se cubre con ambas manos el pubis.

La criada se incorpora, abre la puertecita y huye despavorida. A sus espaldas oye insultos, blasfemias, chillidos de animal herido, corrientes eléctricas que circulan a lo largo de los hilos en dirección a las cocinas, donde no irá, pues al llegar al corredor central tuerce a la izquierda y encara una puerta estrecha que conduce a las buhardillas. Se detiene en un recodo oscuro, jadea, oye el escándalo abajo: los botines de Draya que resuenan subiendo y bajando escaleras, sus gritos histéricos, el llanto de Hada Dulce, que sube de tono y se agudiza como si estuvieran sacrificándola, el bullicio de las muchachas que corren aturdidas. Sube por una escalerilla hasta el antiguo palomar, donde los murciélagos desterraron a las aves hace tiempo, y allí se pega a la pared en el rincón que sospecha más oscuro y escondido, alejada de los haces de luz verticales y plateados que se filtran por los resquicios de las tejas. Con el corazón acelerado, eleva la mirada en busca de asidero, de un aliento de gracia que ahuyente el pánico; pero en las vigas únicamente hay racimos de murciélagos colgados cabeza abajo, dormitando con las alas plegadas sobre el torso, que le recuerdan la monstruosidad que acaba de descubrir en la entrepierna de Hada Dulce. Cierra los ojos, quiere apartar la visión y convencerse de que aquello que palpó su mano y vieron sus ojos es el aliento cargado y malsano de una pesadilla que se filtró en la vigilia y persiste en sus retinas con insistencia diabólica. De pronto, al dar accidentalmente con un hombro en una moldura de madera, esta se mueve y acciona un mecanismo oculto: en la pared opuesta se abre una portezuela. Un rayo de luna penetra por una pequeña claraboya e ilumina un habitáculo de mediana amplitud. Blanca entra en él viendo un posible escondite, y cuando sus ojos se habitúan a la penumbra, no da crédito a lo que ve: colocados en peanas de mediana altura, tamizados por una película espesa de polvo, se hallan los pequeños autómatas mencionados en el testamento, de los que tanto oyó hablar a Belinda: reconoce al mono pianista, a la japonesita, al dibujante, al bebedor de cerveza... algunas telarañas le impiden apreciar con claridad el resto; cobra coraje y aparta el velo pegajoso de un manotazo: ante ella se yergue un grupo de muñecos del que Belinda jamás dijo palabra. Sus ojos recorren aterrorizados las figuras que le son familiares, hasta detenerse en la más terrible de todas, en la que se reconoce, y un nudo le estrangula la garganta en el mismo instante en que un ruido la sobresalta. Se vuelve, eleva los ojos y cree ver en lo alto la figura evanescente de una joven de fulgurante blancura y belleza envuelta en rosas de sangre. Aterrada y con el pecho oprimido por la angustia y la desesperación, huye a ciegas en busca de un sitio más seguro y menos abyecto en el que no haya androides ni fantasmas. Por fin se esconde en un hueco abuhardillado, una especie de trastero derruido a medias, y cubre la entrada con un trozo de madera que encuentra a mano.

Se quedará allí, hecha un ovillo sobre sí misma, sin poder apartar la terrible visión de los autómatas, sobre todo de ese en el que se reconoció a pesar del manto de polvo y telarañas que lo cubrían; y la de aquella criatura exangüe, espectro o ángel custodio del espanto reunido en aquel cuarto. Tiene la firme decisión de huir de la casa al amanecer si logra atravesar los muros y salir indemne de la afilada corona de hierro. No imagina que la gobernanta intuye su escondite, que sus ojos horadan los muros, llegan al corazón de cualquier obstáculo y lo traspasan, ignora el poder cómplice y maligno que la casa le transmite: un privilegio heredado de su madre, que al igual que ella nació en esta casa a la que entró a servir su abuela hace muchísimos años, y en la que ella nació durante aquel gélido e interminable invierno, y de cuyos escondrijos nadie, salvo ella, conoce la existencia.

El clamor agudo del timbre enloquece a las sirvientas y despierta de la siesta apacible a la gobernanta, que, sobresaltada, empuña la fusta y mira hacia todos lados confundida:

—¿Qué pasa?

En la maraña de su cerebro enrarecido por costras de sueños acumuladas, y ante el despertar que surge de repente como un espejismo, trastoca épocas y sucesos y vuelve a preguntar:

—¿Es la señora Iris quien llama con tanta insistencia?

—Es la señorita...

—¿Alba Licornia?

—No. Es Hada Dulce —le aclaran mientras secan sus manos mojadas en los mandilones grasientos y se calzan las chanclas disponiéndose a subir de inmediato, a la par que Octavia dice por lo bajo:

—La señora Iris ya no pulsará el timbre que tanto le gustaba... como no lo haga desde el infierno.

—¿La niña? ¡Mi niña! ¡Dios mío! —balbucea, sin atinar aún a integrarse a la luz. Se levanta de la mecedora de un salto, hace bocina con las manos—: ¡Ya voy! —Corre escaleras arriba.

Las criadas revolotean, hacen conjeturas:

—¿Qué le pasará ahora a la muy zorra? —se pregunta Octavia.

—A lo mejor quiere que la sobe la guarra de la gobernanta, para cambiar un poco... —conjetura Josefa.

—Querrá galletas —comenta Marisa, mientras vierte jarabes y arropes aromáticos de un recipiente a otro—. Querrá hartarse de dulces hasta ponerse como una foca y reventar...

—Igual que su madre *la artista* —apostilla Águeda, y bambolea las anchas caderas de un lado a otro poniendo los brazos en jarra.

Octavia permanece callada, en su semblante se refleja una amargura profunda trabajada con encono por los años, como gruesas capas de óxido que el paso del tiempo, lejos de erosionar hasta hacerlas escamas, ha endurecido soldando unas a otras hasta forjar un bloque inextirpable.

Ríen, hacen muecas que imitan a la difunta señora y a la señorita. Belinda baila de puntillas sobre las chanclas y produce un repiqueteo ensordecedor mientras canta:

—Soy una niña muy buena, casi una santa —se burla, aflautando la voz. Se sube las faldas hasta la cintura, se vuelve, se agacha y enseña el trasero desnudo.

—¡Belinda —le grita Octavia—, ya no tienes edad para hacer esas marranadas! —Pero ella no le hace caso y continúa bailando, haciendo revolotear sus faldas mugrientas y coge a Josefa de un brazo para que la acompañe en el baile. Esta saca de un bolsillo del delantal puñados de flores artificiales hechas con plumas de gallina y miga de pan teñida con remolacha, espinaca y esencia de cochinilla, y se engalana ensartándoselas alrededor de la cabeza a modo de corona. Hace una ronda con Belinda hasta que, agitada, decide dejarse caer en un banco y recuperase de la fatiga. Resopla mientras se aventa las piernas desnudas con las faldas.

Belinda coge la enorme cuchara de palo de rosa para revolver mermeladas, y se la introduce entre los muslos, una y otra vez fingiendo gran embeleso, poniendo los ojos en blanco y suspirando. Luego se ríe a carcajadas.

—Soy la mayor artista del mundo —canturrea Águeda, impulsada por el entusiasmo de su compañera. Se abre la blusa y exhibe los senos enormes y cuajados como quesos, que recoge y levanta con ambas manos acercándoselos a la boca, hasta rozar los pezones inmensos con la punta de la lengua.

Laura se escabulle del escándalo, recula pegada a una pared hasta desaparecer por la arcada que conduce a las bodegas, y de allí sale al jardín.

Forman un corro y bailan. Todas menos Octavia, que las observa con ojos conminatorios, sin dejar de pensar en la suerte de Blanca, que ha desaparecido de repente como tragada por la tierra.

En las marmitas los guisos se pasan de punto y comienzan a quemarse en el fondo; en el interior de las planchas el carbón se enfría y pierde su alma de rubí; la ropa que hierve en sosa en las tinas forma enormes burbujas, se infla como vejigas multicolores a punto de estallar y resopla vapores mientras desciende flácida; las mermeladas de frambuesa y mora silvestre superan los límites del cobre y dibujan regueros por las trébedes hasta tocar el fuego y hacerlo chisporrotear; las liebres giran abiertas en canal, empaladas obscenamente se churruscan sobre las llamas, y parecen mirarlo todo con los ojos redondos sin párpados.

En ese momento regresa la gobernanta. En su cara puede leerse la indignación trazada con líneas profundas. El labio superior le tiembla con tal ímpetu que ni siquiera hace caso al bullicio que las sirvientas. Estas, al verla, callan de repente.

—¿Habéis encontrado a Blanca? —pregunta con una voz arrastrada a duras penas entre los dientes apretados.

Desconcertadas, se miran unas a otras sin atinar a dar una respuesta. Octavia presiente que algo terrible ha ocurrido e interroga a Belinda con una mirada, pero esta se alza de hombros por toda respuesta.

—A la muy puta no puedo encontrarla —informa Draya—, pero no irá muy lejos: conozco cada recoveco de esta casa de memoria, como la palma de mi mano. —Palpa la fusta en su cintura y los ojos le chispean—. ¡Buscadla, imbéciles!

Laureano le propone a Hada Dulce un juego nuevo. A regañadientes esta acepta a cambio de ser ella quien elija el próximo.

Ante el trozo de espejo, testigo de sus desvelos, recogen sus ropas amontonadas, que dejaron tiradas sobre las parvas de heno, y bajo la suave claridad de una bujía de las que Laureano sustrae con frecuencia de las cocinas, vuelven a vestirse. Pero, por sugerencia de Hada Dulce, intercambian las ropas.

—Es como si tú fueras yo y yo fuera tú —le dice riendo, entusiasmada con la idea—. Pero tú, a pesar de llevar puesto mi vestido, siempre serás un hombre: el hombre de la letra «H» que me enseñó Elisa; porque tienes esa cosa ahí que yo no tengo y que tanto me gusta ver y tocar.

—Coge la vela —le dice él—, dame una mano y ven conmigo.

Salen del cobertizo y se internan entre las malezas y los cardos. La noche es tan cerrada que la luna parece no haber existido nunca sobre el cielo.

—¿Dónde me llevas?

—A ver a tu madre.

Ella no dice nada, se deja guiar de la mano de Laureano, que la aferra con fuerza, y se conduce con cuidado para no tropezar ni pincharse.

—¿Dónde está? —vuelve a romper el silencio.

—En una casa pequeña, al otro lado del estanque.

—¿La que tiene una cruz en lo alto? La veo desde mis habitaciones, pero Draya nunca quiere llevarme allí: dice que está vacía, y que en ella no hay más que alimañas... —Y el corazón se le acelera a medida que avanzan.

Se detienen ante el panteón y Laureano le explica:

—Nadie puede entrar porque hace años que se perdió la llave... pero yo sí —y le señala la zona inferior de la reja donde falta un trozo de barrote—. Siempre vengo aquí, pero tienes que prometerme que no se lo dirás a nadie, ni siquiera a la gobernanta.

—Lo prometo por mis muñecas.

En primer término se escabulle Laureano con la palmatoria encendida, protegiendo la llama con la mano libre. Detrás entra Hada Dulce, con el corazón a punto de estallarle por la emoción de la aventura.

—No temas, tu madre y los demás están dormidos.

Hada Dulce se tranquiliza: el olor a humedad y a podredumbre, que conserva vivo en su memoria más remota, le es tan familiar que le permite respirar profundamente, mejor que de costumbre.

El niño le señala los nichos y féretros:

—Aquí están todos... durmiendo.

Se acerca al catafalco en el que yacen la señora y aquel tío lejano del señor que no es más que polvillo amarillento, recoge del suelo una palanqueta y le pide a Hada Dulce que le ayude a levantar la tapa.

Al destapar el féretro, un olor nauseabundo sale a bocanadas: tan denso, que les hace retroceder y les obliga a taparse la nariz. De puntillas, se aferran con las manos al borde del ataúd. Laureano reúne coraje y acerca la vela encendida al rostro de la señora. La niña permanece con la cabeza gacha, sin atreverse a mirar dentro, pero se doblega a la curiosidad y por fin, venciendo el miedo, se asoma:

—¿Es ella?

—Sí, es tu madre. ¿Acaso no ves el parecido con el retrato que hay en tu alcoba, el que le hicieron al morir?

Hada Dulce abre los ojos desmesuradamente, sin salir de su asombro:

—Sí, es hermosa, pero ahora parece más guapa que en la fotografía, como si estuviera viva.

Arbitrarios procesos, aunque no por ello antinaturales, mantienen incorrupto y fresco el rostro de la señora que incluso conserva radiante el maquillaje funerario, si bien el resto del cuerpo, bajo el vestido de raso, es un montón de huesos desarticulados y amarillos, apenas unidos entre sí por cartílagos resecos, próximos a correr la misma suerte que los de su tío político sobre los que descansa.

—Era una gran artista, me dijo Draya. Dice que antes de casarse con mi padre fue una de las mejores bailarinas del mundo... Todo esto es muy bonito... —comenta mirando hacia todos lados. Deja el ataúd, coge la palmatoria y con suma cautela recorre la cripta seguida de cerca por Laureano. Al llegar frente al nicho escondido en el recodo, alza la vela y con enorme esfuerzo, casi tartamudeando, lee:

—Al... ba... Li... cor... nia —se vuelve con viveza y le pregunta a Laureano—: ¿Quién es?

—La mujer más hermosa del mundo, según dicen las sirvientas.

Hada Dulce deja la palmatoria sobre un féretro y muy lentamente se despoja de las ropas de Laureano hasta quedar totalmente desnuda:

—Hace un poco de frío —murmura haciendo un gesto de sufrimiento contenido—. Yo también soy hermosa, ¿verdad? —Y sin aguardar respuesta le pide que le devuelva su ropa. Laureano, al desnudarse, conmovido por el nombre que oyó pronunciar a empellones, nota una opresión en el pecho y un cosquilleo abajo que le provoca una erección involuntaria. Hada Dulce rompe a reír y proclama:

—Un día eso será mío: cuando tú y yo nos casemos.

Vestidos con sus propias ropas regresan junto al ataúd de la señora para echarle un último vistazo antes de cerrarlo.

—¿Y esta muñeca? —pregunta Hada Dulce sorprendida. Introduce una mano en el cajón para acariciarla.

—No lo sé. Siempre estuvo allí.

—¿Puedo llevármela?

De regreso, siempre tomados de la mano, con la muñeca china oliendo a muerto apretada contra el pecho, Hada Dulce manifiesta sin emoción alguna:

—Era muy guapa... ¿y mi padre?

—Duerme en otro ataúd, pero nunca pude abrirlo, la tapa pesa demasiado.

Abraza con ternura a su hijo, le acaricia el pelo rubio, que compara con los hilos de oro que bordan orlas en los tapices del comedor principal, desde hace años clausurado e invadido por el polvo y las telarañas.

—Yo te cuidaré de la gobernanta y de las mentiras y envidias de las demás sirvientas —le dice, sin dejar de acariciarlo.

Laureano no responde, se abandona dócilmente a los brazos de su madre, sepulta su cara en el pecho oloroso a especias, ajo y cebolla. Pero no deja de pensar en las raras historias que una mañana le contó Octavia mientras lo bañaba: le habló de bebedizos, de rencores, de extrañas fiebres que se apoderaron de los señores que él no llegó a conocer.

—Te protegeré de la niña Hada Dulce y no permitiré que nadie descubra tu existencia, que jamás te hagan daño. Y cuando crezcas y te conviertas en un hombre te daré una cosa que guardo para ti, así podrás abandonar estas paredes malditas, ir lejos, a la ciudad, donde trabajarás en algo digno y regresarás triunfante y enriquecido, con mucho dinero para sacarme de aquí... de esta casa llena de monstruos... —suspira, compungida—. Draya ha encontrado a Blanca metida en un agujero que cavó con sus propias manos al pie del muro, cuando comprobó que era imposible escalarlo y huir. No se sabe qué hará con ella... pero nada bueno...

El niño la mira con fijeza, por su mente cruza una imagen borrosa, una especie de cometa brillante con una larga cola de fuego.

—¿Qué me darás?

—Algo muy valioso que tengo guardado. Ya lo sabrás en su momento.

—He visto a la niña...

La madre se sobresalta:

—¿Cuándo has visto a Hada Dulce? —inquiere, sacudiendo al muchacho por los hombros.

—Una noche, no hace mucho... apareció aquí y jugamos... Luego volvió otras veces...

—¿Qué te hizo? —aterrada, sin dejar de mirarlo a los ojos, procura leer en ellos lo ocurrido, e imagina cosas terribles, que de solo pensarlas le alteran los humores.

—Nada.

—¿Nada? ¿Qué hicisteis?, dime...

—Jugamos.

—¿A qué?

—A cosas...

—¿Qué cosas? —insiste, a punto de dejarse arrastrar por la cólera, por un profundo terror.

—Nos desnudamos y nos tocamos, para ver cómo éramos... ella dice que soy como el príncipe del disco... y que nos casaremos cuando seamos mayores.

Lo abraza con fuerza, contiene las lágrimas y lo cubre de besos. Recapacita, se separa un poco del niño y lo mira atentamente para comprobar si está intacto.

—La niña dice que eres una puta, que soy hijo...

—No le hagas caso —dulcifica la voz—. Ven aquí, acércate... —le murmura al oído, mientras le va quitando la ropa. Cuando Laura lo tiene desnudo, le escudriña el cuerpo palmo a palmo en busca de hematomas, heridas o cualquiera otra huella de la maldad de Hada Dulce. Coge con una mano el sexo tierno de su hijo y lo examina con celo.

—Ella tiene algo ahí... —señala el chico.

—Sí, hijo —dice sin hacerle demasiado caso, aliviada al corroborar que sigue indemne.

—Ella tiene algo ahí... —insiste.

Y antes de que su madre salga, quiere que le desmienta una sospecha:

—¿Es verdad que nací muerto?

La madre lo mira consternada, sorprendida ante la pregunta que no puede comprender del todo.

—Llévame a ver mi tumba..., pues no estoy en la cripta con los otros.

Atada de pies y manos, tendida en la dura superficie de la mesa de roble, de cuyos poros emana un aliento agrio de vinos; sobre esa misma mesa cuyas gruesas tablas experimentaron una noche, hace años, el peso de los cuerpos enloquecidos, ávidos de descargar humores, y cuyas patas cimbrearon bajo la cópula de Asrael y la señora Iris, Blanca está a punto de desvanecer de dolor.

La gobernanta descarga la fusta sobre las carnes que se estremecen y vibran bajo cada golpe.

—¡Aprenderás a no desobedecer ni los deseos de la niña, ni los míos!

En los muslos surcados por líneas pardas, deja nuevas marcas escarlatas y húmedas que exhalan el dulzor de la sangre caliente.

Blanca se convulsiona, grita, y sus alaridos corren como ondas pegados a los muros de la bodega, reptan por los rincones y se introducen en las leñeras, donde, a través de una rendija en el muro, Laureano, que osó aventurarse en la casa, contempla la escena extasiado, porque el sufrimiento ajeno lo conduce a una suerte de epifanía inexplicable.

Cansada, al borde de la extenuación, pues su fuerza y talante han disminuido con los años, Draya se toma una tregua. Recobra el aliento y deja caer los brazos a los lados, relaja los músculos contraídos por el esfuerzo y a punto de arder bajo la piel seca y estriada, unos músculos que han perdido el vigor, pero no la estricta perseverancia.

Blanca solloza, deshecha y derrotada como una mártir. Las greñas le cubren el rostro mojado de sudor y lágrimas. La gobernanta se acerca y le escupe en la cara.

—¡Dime! ¿Qué has visto? —y vuelve a alzar la fusta, la cierne en círculos amenazadores haciendo silbar el aire.

—Nada —miente Blanca con un hilo de voz, y cierra los ojos con fuerza cada vez que el silbido de la fusta se acelera y aproxima.

—¡Embustera, puta!... —deja de blandir el arma, parece dulcificarse, aunque la tensión de sus mandíbulas acusan la furia contenida—: Sé que algo vieron tus sucios ojos... —sonríe, con una mueca que la sirvienta no distingue por el espeso velo de lágrimas y cabellos mojados—. Sé que tus manos sarnosas han palpado lo prohibido —y agita los dedos velozmente para desentumecerlos.

—No sé a qué se refiere... si al fantasma de la señorita Alba Licornia o a los terribles muñecos... —y no puede continuar porque una pinza de cangrejo le atenaza un pezón y se lo retuerce.

—Tu asquerosa boca no es digna de pronunciar ese nombre sagrado —vuelve a azotarla ahora con más bríos, fuera de sí, indignada. Blanca lanza un chillido que el espesor de los muros no absorbe, ni la distancia impide que llegue a las cocinas, donde las sirvientas dejan escapar risas nerviosas y contraen instintivamente los glúteos.

Laureano, subyugado por el color intenso de la sangre y por el aroma cálido que despiden las llagas, descubre la faz oscura de un mundo intuido cada vez que él y Hada Dulce se miran desnudos en el espejo, o cuando contempla la casa desde el cobertizo y ansía vivir en ella junto a su madre y a las demás sirvientas.

—Me lo dirás, perra, aunque tenga que bajar al mismo infierno a buscarte, aunque tenga que arrancarte las palabras con alicates... —vuelve a arremeter con la pinza quitinosa de sus uñas—. ¿Me dirás de una vez por todas qué hiciste con la señorita allá arriba? —suelta el pezón amoratado que se contrae y recobra su forma primigenia. Avanza unos pasos hacia las estanterías y saca una botella de borgoña. Regresa, absorta en la etiqueta amarilla y quebradiza en la que se emborrona una fecha—: Tiene más años que yo. Estos vinos los trajo el señor de Europa —murmura, como si se hubiera olvidado de Blanca. Se sitúa en un extremo de la mesa, enfrentada a las piernas abiertas, teñidas de sangre de la muchacha. Apoya levemente el cuello de la botella en la negrura mortificada. Empuja con suavidad hasta que el pico se pierde entre las carnes. Blanca se retuerce y grita.

Laureano se pega a la madera de la pared, su ojo reluce como un ópalo incrustado en las vetas. Hada Dulce le dijo que de allí salen los niños muertos como él, pero la abertura rosada que se insinúa a través del velo de sangre no es igual al orificio de bordes anquilosados que ella tiene entre los muslos, que él vio y tocó.

La botella se abre camino lentamente, es engullida por las entrañas de la mujer, a pesar de su inútil resistencia:

—Vi una especie de herida... —balbucea.

El niño ve desaparecer parte de la botella sin atinar a imaginar su destino final, incapaz de creerlo; luego reflexiona que por donde salen niños muertos bien puede salir un montón de objetos, que no hay más que introducirlos previamente, y que él quizás fue insuflado de esa misma manera dolorosa en el vientre de su madre.

—¿Qué más? ¡Confiesa!

—Toqué la dureza de unos costurones...

—¡O sea, que lo has visto y tocado todo! —propina un golpe seco, certero a la botella, que se rompe, y un reguero de sangre se desliza por la superficie de la mesa y cae al suelo donde forma un charco.

La sirvienta se desvanece y Laureano se aparta por instinto del agujero por el que contemplaba la fiereza del mundo. Al retroceder tropieza con una de las pilas de carbón, que se desmorona con estrépito.

—¿Qué es eso? —la gobernanta levanta el hocico y olfatea.

El niño tiembla y se arrincona intentando mimetizarse con el carbón. El corazón lo delata, sus propios latidos lo ensordecen.

Draya escupe sobre el vientre de la mujer cuyo estado la asemeja a un despojo de matarife:

—¡Cerda! No volverás a desobedecer.

Y dirige sus pasos a las leñeras, con la fusta enrojecida y pegajosa en alto, pues oye un corazón que palpita con estruendo. En ese instante irrumpe una mariposa oscura y gruesa revoloteando cerca del techo. El abdomen es un huso cubierto de pelusa fina, las alas están surcadas de nervaduras, y sobre el lomo tiene dibujada una calavera. Desciende y se posa sobre el vientre de Blanca.

Draya se detiene en seco, pues oye un alboroto de chanclas que desciende por las escaleras. Rápidamente oculta el cuerpo agonizante de Blanca cubriéndolo con una manta, y sale al encuentro de Águeda, que aparece con el semblante demudado:

—¡Gobernanta, la niña se ha puesto mala! ¡Tiene unas calenturas horribles! Estaba practicando *Cascanueces* cuando, de pronto, cayó redonda al suelo presa de convulsiones, con los ojos en blanco y espumarajos en la boca. Delira, dice unas cosas espantosas... y no puede mover las piernas, que las tiene muertas como si fueran de trapo...

Después del enorme revuelo provocado por la súbita dolencia de Hada Dulce, que mantuvo la casa en vilo hasta altas horas de la madrugada, Belinda, en lo alto del mirador, permanece insomne, cazando insectos con una red improvisada con un viejo cedazo de panadero. A su lado, sobre el pretil, tiene una caja de zapatos llena de frascos donde se apretujan cientos de bichos vivos. La luz de la luna asoma por un claro en las nubes y delata la sombra flaca y angulosa de la gobernanta que va hacia los cobertizos y arrastra con dificultad un enorme envoltorio. Los cardos, en cuyas varas altísimas los pompones sedosos brillan como luces lilas, se mecen imperceptiblemente con la brisa. Belinda la ve regresar a la casa y volver otra vez a los cobertizos llevando un cubo con herramientas de albañilería.

Callará una vez más. A cambio de este nuevo silencio el azar le acaba de entregar una estampa de su gusto para un próximo cuadro.

Tercera estación
NINFA

Recostada en la *chaiselongue*, Draya se abanica y se seca el sudor de la frente, la cara y el cuello con un gran pañuelo de batista que perteneció a Alba Licornia, en uno de cuyos ángulos tiene iniciales bordadas con cabellos naturales. Adora el abanico de nácar sobredorado y encaje de Bruselas que halló casualmente en un cajón junto al pañuelo; al agitarlo, imprime al aire fragancias de otros tiempos, una cierta dicha luminosa que le permite incursionar con mayor viveza en los recuerdos.

Bebe limonada con hielo picado: escarcha que deshace entre los dientes manchados de sarro, amarillentos como su propia piel marchita.

La penumbra de la habitación, cuyas altas ventanas permanecen cerradas, amortigua el calor intenso de la siesta y estanca el tiempo sin días ni noches, un devenir que ella misma congeló en los relojes cuando escondió las llaves de las cuerdas. La monotonía de las áncoras dejó de sonar; los péndulos, en los fanales clausurados, son delgadas y rígidas verticales de haces de metal inmutables; las sonerías, campanas y cajas musicales de los relojes de toda la casa enmudecieron el día en que Hada Dulce cayó enferma víctima de la extraña parálisis.

Elisa recurrió a varios libros sin dar con una respuesta científica convincente, no obstante, se atrevió a aconsejar un tratamiento prolongado de mesmerismo, consejo que Draya echó en saco roto argumentando, que los padecimientos de la criatura eran síntoma indudable de una de las siete plagas que acabarían con el mundo moderno y sus inservibles e infernales invenciones, entre las que volvió a poner en primer lugar a la luz eléctrica.

Desde entonces, la gobernanta no se apartó de su lado y vela por su vida día y noche. Sus ojos, ahora desprovistos del fulgor y la dureza del acero, contemplan con nostalgia cuanto la rodea: las muñecas amontonadas sobre las sillas, o llenándose de polvo en los estantes. Los ojos de cristal han perdido el brillo, los labios el color punzó, y los cabellos se han vuelto estropajo de cocina; la ropa deslucida y ajada se endureció volviéndose quebradiza como una oblea de las que hace Marisa. Intuye que en el interior de los roperos los vestidos de Hada Dulce, en los que había puesto todo su arte y cariño, están a merced de polillas y demás mariposas nocturnas: geómetras, esfinges, noctuas, saturninas y otras tantas de las que invadieron la casa el mismo día en que la niña dejó de andar. Le parece oír eclosionar los diminutos huevos en los nidos de fibras de lana y seda que forman voraces colonias en los pliegues de los cuellos y en los puños, en los ruedos y dobladillos, entre la abigarrada filigrana de encajes. Piensa en los numerosos pares de zapatillas de punta, blancas, rosas, azules, con las cintas haciendo un grácil lazo, desprovistas de los resplandores de antaño; las ve detenidas en las cajas, abandonadas al silencio, la mayoría de ellas quebradas, como muertas. Recuerda también la varita mágica cuya estrella se extravió hace años. Desvía sus ojos hacia el rincón donde el gramófono enmudeció y se cubrió con el velo de plata vieja de las telarañas, y le parece estar oyendo *Cascanueces:* la inigualable dulzura de los arpegios, los glisados cayendo a borbotones, las campanillas burbujeando racimos de corcheas. En la bocina cónica de bronce anida una falena gruesa en cuyo dorso dormita una calavera.

Draya suspira, alza las cejas y entorna los párpados en un gesto inútil de resignación. Gracias a Dios detuvo el tiempo en el momento exacto para impedir la entrada de las plagas restantes y cerró las puertas para evitar el deterioro absoluto de la casa.

Acaba la limonada y pide a Octavia que le traiga otra jarra llena, con mucho hielo machacado. Sus ojos vagan, no dejan de hacerlo, y en su deambular tropiezan con el tálamo que fuera de los señores, con su alto dosel de madera de cerezo, coronado por tiernos querubines alados, a punto de deshacerse por el apetito de la carcoma. El mosquitero cuelga hecho jirones y es refugio de las alimañas que anidan en los pliegues, dormidas en las ristras de crisálidas blancas próximas a abrirse. La colcha bordada en seda de la China, recamada en oro viejo y orlada de pasamanería antigua, se ha vuelto opaca como el bronce bajo la intemperie, y entre los hilos de oro se agolpa y crece con fuerza el verdín.

Recuerda el doloroso nacimiento de la niña, su indefensión cuando abandonó el vientre materno, y el entusiasmo y perseverancia con que la señora planificaba su futuro coronado de gloria. En su cabeza oye discurrir el son de *Cascanueces* y ve la imagen de Hada Dulce bailando ante los grandes espejos, multiplicada hasta el hartazgo, llena de gracia, altiva, deliciosa... con las delicadas alas de gasa sujetas a la espalda... era una colorida y alegre mariposa libando el néctar de una flor... y hacía arabescos en el aire con la varita mágica plateada de polvo de luna... Hada Dulce...

Gime y acomoda la osamenta desvencijada en la *chaiselongue*, y arrecia el ímpetu del abanico de nácar para ahuyentar una falena que la acosa con su voluminoso cuerpo de negro terciopelo.

—¡Mátala! —ordena a Octavia, que acaba de entrar con la jarra colmada de zumo de granadas y limas en una mano, y un gran cubo de hielo picado en la otra.

La mujer deja la jarra y el cubo sobre una mesilla y corre persiguiendo a una falena con una servilleta, pero el insecto se posa en una pared, a demasiada altura para ser alcanzada.

—No puedo.

—¡Mátala!, por favor —se cubre la cara con el abanico desplegado—. Van a acabar conmigo, las muy putas...

Hay un tono inusual de súplica en la voz de la gobernanta. Y Octavia, a pesar de su cuerpo rollizo, deja a un lado la servilleta y se encarama en lo alto de una silla provista de un largo plumero de plumas de avestruz. Aun así no llega a la mariposa, que amedrentada, alza vuelo y va de un lado a otro dándose en las paredes en busca de una luz.

La gobernanta se distrae, rememora la noche en que arrastró hasta el cobertizo el cuerpo de Blanca envuelto en una alfombra, y cuando fue a emparedarlo descubrió el vientre de la mujer cubierto de horribles mariposas grises; pensó que tal vez se hubieran gestado en sus entrañas y que a pesar de la pared que levantó a cal y canto habría quedado algún resquicio por donde salieron a invadir la casa. Con estos pensamientos se adormece, parece olvidar la mariposa oscura y los esfuerzos de Octavia por deshacerse de ella, y desvía sus ojos por primera vez hacia Hada Dulce: apenas un diminuto pájaro enfermizo arrebujado entre cojines en la silla de ruedas, en el rincón más fresco y oscuro de la alcoba, con la mirada perdida en el vacío y las piernas desarticuladas descansando en el estribo como dos varas secas.

Una lágrima resbala por la cara arrugada de la gobernanta, justo en el momento en que la mariposa geómetra se desploma desde lo alto del techo produciendo un ruido seco a sus pies.

—¿Le has dado?

—No... se ha muerto sola —responde Octavia, y se alza de hombros, todavía con en el plumero en alto—. Se la daré a Belinda.

El insecto yace con las alas desplegadas en toda su envergadura, su tamaño es de una cuarta. La gobernanta lo mira y cree percibir una sonrisa descarnada en la calavera del lomo, y por un instante la confunde con el rostro demacrado de Alba Licornia poco antes de morir.

—¡Está viva! —grita, incorporándose de repente, a punto de saltar de la *chaiselongue*.

Octavia avanza decidida y la aplasta de un pisotón, dejando caer todo el peso de su cuerpo. En el suelo queda un exiguo guiñapo gris, mojado y pegajoso, que exhala un perfume malvado y dulzón.

Desde el rincón lejano, Hada Dulce lo percibe con intensidad, dilata las aletas de la nariz y llena los pulmones con este aroma. Un elemental regocijo interior la devuelve a la realidad del mundo y en sus ojos asoma un principio de albor, un destello casi imperceptible.

—¡Poned más bolas de naftalina, llenad con ellas los armarios, roperos y alacenas, esparcidlas por todos los rincones de la casa! ¡No quiero volver a ver una mariposa más! —ordena la gobernanta fuera de sí, sin advertir el regreso a la vida de Hada Dulce.

Octavia corre en busca de naftalina, abre la bolsa, extrae las bolitas blancas y las va distribuyendo en el interior de los armarios, mientras murmura para sí misma:

—Es inútil, no mueren nunca... —y oye la voz de la gobernanta maldiciendo furiosa a sus espaldas:

—Es culpa de la maldita electricidad, de esos cables y bombillas... de este diabólico invento que hizo instalar la señora... —e impulsa con violencia el batir sonoro del abanico contra su pecho.

Desgreñada, sucia y famélica, Laura se pudre en uno de los impenetrables trasteros de las buhardillas. Únicamente piensa en su hijo. Con el tiempo comprobó que los sentidos se atrofian y pierden sagacidad con el encierro: ya no huele la fetidez que la circunda, ni distingue los contrastes de la luz y las tinieblas; apenas oye vagos ruidos, lamentos, voces extrañas; tampoco discierne entre el calor y el frío que diferencia y reitera las estaciones como un reloj inmenso: su cuerpo habita un constante otoño. Ya no rechaza, como los primeros días, la repugnante comida que le sube una de las sirvientas cada tarde: una invariable dieta de patatas, coles y carne de cerdo hervidas.

Durante los primeros meses llevó la cuenta del cautiverio haciendo líneas verticales en las paredes de madera con las uñas, y en la oscuridad podía comprobarlas con el tacto, pero extravió las aritméticas cuando dejó de intuir la aurora y el ocaso, cuando el canto de los gallos se fue debilitando hasta enmudecer, cuando el grillo se desvaneció y dio paso al caminar furtivo de las ratas incansables, noche y día sin tregua, y al aleteo de los murciélagos insomnes.

Sabe que han pasado años desde que la gobernanta descubrió la existencia de Laureano y el engaño se vino abajo: la farsa del entierro en el jardín y la comparsa de plañideras improvisadas por las muchachas; y desde el día en que fue confinada no hizo otra cosa que imaginar su crecimiento. Ahora lo intuye adolescente, o tal vez un muchacho... Tiempo atrás, la gobernanta le dijo que se había deshecho de él enviándolo a un orfanato, pero al cabo de un tiempo cambió la versión y le contó que había escapado de la casa una mañana burlando la corona de pinchos que remata el muro. Se contradijo tantas veces en sus mentiras, tal vez a causa de los años que la volvieron desmemoriada y menos sagaz, que Laura optó por no hacerle caso y especular con su propia imaginación y anhelos... Si hubiera podido continuar haciendo marcas en la pared deduciría la edad exacta que ahora tendría Laureano... Si no ha corrido la misma suerte que Blanca, cuya mano percibió la dureza de aquellos bordes resecos, y los espacios blandos entre un punto y otro de la sutura, y ahora es un esqueleto comido por las ratas que se desmorona entre tabiques. Blanca había tenido la mala suerte de descubrir que Hada Dulce, la bailarina caprichosa y cruel, la bastarda, en realidad era un macho, que había sido castrado en el vientre de su propia madre. Y cuando piensa en esto, invariables escalofríos le recorren la columna vertebral y le erizan el vello de la piel. Jamás descansa de su interior batalla, del peso de una duda que le oprime el corazón y le doblega voluntad y entendimiento: a veces cree oír risas o llantos lejanos, aunque bien podrían ser de la niña Hada Dulce, pues se ha enterado escuetamente por medio de Elisa, una noche en que le trajo la cena y se soltó un poco de la lengua, que está paralizada por una rara enfermedad causada por una plaga de mariposas nocturnas venenosas y del tamaño de un puño, cuya fealdad y fiereza les obliga a encerrarse bajo llave y obturar cerraduras y grietas...

La congoja se apodera de su alma cada vez que oye llover; es lo único que la une a la libertad exterior, a la vigilia que discurre fuera, a la luz del sol y al viento, al cielo azul que apenas recuerda como una tenue niebla. El trueno y el granizo la arredran; también los rayos que le permiten vislumbrar por un instante la verdad de esas cuatro paredes: su única certeza, pues hay estrechas fisuras en el techo que se vuelven azules cuando estos estallan.

Aúlla como una loba a la luna. Es su única forma de consuelo y rebeldía. Y el aullido es absorbido por el espesor de los muros, o se engancha en las telarañas, o bien es devorado al vuelo por las mariposas nocturnas, que se alimentan de sonidos y prefieren los gritos y el llanto a la risa y la música; también el cuerpo mullido de las ratas intercepta sus lamentos, y luego, durante la noche, los diseminan en sus correrías por el campo, en las acequias, en el estercolero y los basurales, donde nadie los oye.

Recuerda que en este mismo trastero en el que se pudre en vida, hubo antaño un minúsculo lucernario rectangular abierto en el tejado y disfrutó unos meses de la exigua claridad que proyectaba, hasta que la gobernanta mandó sellarlo cuando llegaron las mariposas, ordenó que lo cubrieran con una espesa capa de brea para impedirle discernir las horas en el cuadrante del sol y de la luna, y la condenó a padecer un eterno presente. Desde entonces, no imagina las antesalas del infierno como profundas grutas de fuego, sino como oscuras, frías y húmedas buhardillas donde el flujo del tiempo está congelado, y al núcleo ígneo donde se asienta el trono del demonio lo intuye forjado con la materia sólida de la ausencia del ser amado.

Después de años de mutismo, de abulia, de latencia, Hada Dulce ha pedido que suba a jugar con ella la más mala; es como si el aroma exhalado de las entrañas de la mariposa que aplastó Octavia le hubiera devuelto la consciencia y las ganas de vivir.

La gobernanta, entusiasmada, pasa revista, consulta en su memoria derruida los castigos infligidos, interroga los ojos de cada una de las criadas, pues los años que la encorvan le han redoblado el don de leer en ellos los pensamientos más negros y de escrutar con espíritu científico los pliegues más ocultos del alma. La fusta de cuero, raída en el mango y deshilachada en el vergajo, todavía se impone con su sola presencia; de sus numerosos cordones brota un aroma rancio a sangre, sudor y cuero viejo, un olor que ella aspira de cuando en cuando como si fuera una rosa fragante: la juventud parece reverdecer en sus pupilas resecas cuando esa mezcla de aromas penetra por su nariz: su memoria olfativa es imborrable y discierne con claridad meridiana los olores que cada sirvienta dejó adheridos: el de Octavia, como a una especie de fritura de salmón; el de Josefa, a flores; el de Elisa, a patatas viejas; el de Águeda, un tufillo a especias y sudor amargo; el de Marisa, a sangre fresca y vainilla; el de Belinda, que le recuerda a las coles hervidas; el de Blanca, dulce, penetrante, como de jazmines mustios; el de Laura, a carne asada en el infierno...

En una mesita alejada, Belinda, que por demasiado vieja se libra de ser candidata a los juegos de Hada Dulce, pega alas de mariposa en un cuadrado de cartón. Apoyado en una de las patas de la mesa quedaron el cristal y el marco, y en las brazas del horno se confunden con otras las cenizas del valioso aguafuerte de un paisaje veneciano hecho por un famoso artista.

Todas conocen el peligro que entraña jugar con Hada Dulce, lo saben porque Laureano contó a su madre que había visto a la gobernanta emparedar el cuerpo rígido de Blanca en un muro del cobertizo. Laura compartió el secreto con Elisa, esta con Águeda, y Águeda lo dijo a las demás. Belinda, que no se enteró de los cuchicheos, fingió sorprenderse cuando Octavia se lo contó, si bien lo ocurrido aquella noche ya lo había plasmado en un hermoso cuadro que colgó a los pocos días del suceso en un rincón de la cocina, sin que la gobernanta ni las demás le hicieran caso, pues lo consideraron una extravagancia más de la anciana.

Por fin Draya se decide por Águeda y la manda subir. Luego se sienta a una mesa, coge un cuchillo y se pone a desbrozar vainas de judías verdes. Amontona las hebras a un lado, callada, imperturbable, con la cabeza poblada de oscuros pensamientos. Los ojos le bizquean de cansancio, los párpados se le caen hasta quedarse dormida, con el cuchillo en una mano, una larga vaina en la otra, y la cabeza de lado sobre la dura superficie de madera. Las sirvientas la miran de reojo y se mueven con delicadeza para no despertarla:

—Mejor que duerma, de ese modo no incordia —opina Elisa.

Águeda no tarda en regresar diciendo que Hada Dulce únicamente quería repasar las láminas de Lev Ivanov, pero que enseguida se cansó, rompió algunas en pedazos, y se quedó dormida en la silla abrazada a una muñeca.

Cuando acaban sus labores, empapadas en sudor y tiznadas, cubren los rescoldos con cenizas y van con los enormes barreños de la colada rumbo a las terrazas para tenderla al sol.

Laureano, que desde su escondrijo en las leñeras no pierde detalle, sale de puntillas y con la habilidad de un ratero le sustrae una llave a la gobernanta bajo la mirada furtiva y cómplice de Belinda, que permanece en su rincón configurando paisajes tenebrosos con el terciopelo de alas de polilla, élitros y trozos minúsculos de quitina de mosca. A su lado tiene latas y frascos llenos de cuerpecitos frágiles y quebradizos, agrupados según la tonalidad o iridiscencia de las alas. Con suma delicadeza, usando unas pinzas de depilar de plata que fueron de la señora Iris, fija al cartón los trozos con una pizca de engrudo tibio.

El muchacho esconde la llave en su guarida, entre los troncos de leña.

Cuando las sirvientas regresan, Draya despierta sobresaltada: soñó que una mariposa inmensa le penetraba el pecho y le arrebataba el corazón todavía palpitante. Agitada, intuye la hora en el reloj de péndulo detenido, y ordena que den de comer al bastardo, y también que lo aseen, pues por la limpieza del cuerpo se conoce la del alma.

Hace tiempo que dejó de ejercer esa férrea vigilancia emblemática: su corazón no pudo ignorar la belleza de Laureano el día que lo descubrió, y sus fibras más íntimas, aunque no lo demuestre, se conmovieron y estrangularon parte de su flujo sanguíneo, que se volvió aguachento. Deja las cocinas en manos de sus subordinadas y se retira a descansar a su cuarto en la mecedora que mandó subir cuando notó que había cruzado el umbral de su deterioro.

Disponen el barreño en el centro de la cocina y lo llenan de agua caliente. Tienen a mano jabones, toallas de fino y denso rizo, incluso algún perfume para cubrirle el olor a encierro; aunque a veces, a escondidas de Draya, mientras permanece adormilada en su cuarto, lo dejan vagar por algunas dependencias, o jugar en el jardín en el que nada florece salvo los cardos. Ignoran que mientras vivió en el cobertizo, a pesar de la prohibición de su madre, amparado por la negrura, en varias ocasiones se había escapado para vagabundear por los jardines, que en las noches de tormenta, protegiendo sus pasos con el ruido del trueno, se había introducido en el panteón clausurado, que también se había deslizado en la casa e investigado en algunas de las habitaciones más ocultas.

Lo sumergen y Águeda lo enjabona con brío y sin pudor alguno. Ríen cuando bajo sus maniobras el sexo del muchacho reacciona y se endurece. Calladamente lo desean: codician la blancura de su cuerpo, los músculos que se perfilan día a día bajo la piel cetrina; suspiran por sus ojos oscuros y límpidos, y por su pelo suave, dorado como una espiga. Entre risas y bromas le roban besos y le susurran frases tiernas y aduladoras, que omiten en presencia de la gobernanta. Águeda, que fue muy guapa y fogosa en su juventud, una vez se atrevió a acariciarle el sexo, y desde aquella ocasión pasó largas noches presa de delirios, revolviéndose en el jergón, hablando en sueños y despertando con las ingles mojadas. Más de una, ante la visión de su desnudez, gozó en secreto a solas en algún rincón alejado, evocándolo con fantasías inconfesables.

El muchacho se deja hacer y les brinda sonrisas inocentes. Desconoce que en cada roce se oculta un intenso deseo reprimido, que se reprime el ansia por instinto de obediencia y respeto. Y ve en ellas la imagen de su madre ausente, de quien dicen no saber nada, y únicamente circulan confusas y opuestas versiones, cuando no enmudecen ante la sola mención de su nombre.

Únicamente le teme a Draya cuando, olorosa a naftalina, con los bolsillos siempre repletos de bolas blancas que cada tanto deja caer en uno u otro sitio, le ordena:

—¡Sube a jugar con Hada Dulce, bastardo!... pero, cuidadito con lo que haces...

Le obedece: han sido numerosos los castigos; sabe mucho del aroma de la sangre, de la pulcritud de los estigmas, del vacío que genera el llanto. Hada Dulce se cuida muy bien de no delatarlo, porque se sabe inductora de los juegos que ambos practicaron en el cobertizo antes de quedar paralizada por el veneno de las mariposas; y porque adora los rizos rubios de Laureano, los que la gobernanta amenaza con volver a cortarle cada vez que descubre alguna de sus travesuras.

Limpio, perfumado con agua de lavanda, antes de subir a jugar con Hada Dulce se dirige a la azotea desde la que puede intuir más allá de los muros la presencia del mundo al que no pertenece por haber nacido muerto. Sabe que al otro lado de las colinas, siguiendo el trazado vertical de los postes de luz, está la ciudad de la que vino su madre y a la que algún día viajará en busca de fortuna: de las riquezas necesarias para poder sacarla de la casa.

Cuando llueve, no se sabe si a causa de la humedad o de la revulsiva negrura del cielo, una especial turbulencia invade los sueños de Hada Dulce. Su mente se extravía por meandros que desembocan en ineludibles habitáculos en los que reina el caos. Se convulsiona en la cama, habla y grita en sueños. La gobernanta, cuyo oído se ha endurecido, pocas veces la oye, y aún así, hace tiempo que dejó de acudir a sus llamadas. Las pesadillas jamás se interrumpen y se desarrollan por una espiral descendente en cuyo vórtice una enorme boca la engulle y luego la regurgita envuelta en un sudario de babas. Pero antes de llegar a los terribles labios, mientras resbala por el primer círculo, ve a su paso flautistas que ensayan compases de *Cascanueces*, timbres metálicos formando orlas de notas que ella baila con su vestido de Hada de Azúcar hecho jirones. En otro recodo que desciende de improviso, otros flautistas dejan de tocar. Ella, conocedora del poder de la estrella de plata, busca con desesperación la varita mágica extraviada, que jamás encuentra. En otra curva del mismo sueño, próxima a la enorme boca, los músicos están desnudos y tienen entre los muslos la vacuidad de los ángeles; hablan entre sí una jerga hecha de sonidos y notas musicales, que en el preciso instante en que atraviesa el umbral de las fauces se convierte en ruidos, estridencias y rechinar de dientes. En el fondo de la poderosa garganta ve la varita mágica anhelada, y al ir a cogerla, se vuelve transparente y se desvanece: es entonces cuando una larga y rosada trompa de mariposa la atrapa e inmoviliza. De vuelta al exterior regurgitada, los músicos son ahora criaturas de poderosa virilidad.

Emerge de la pesadilla cuando el relámpago tiñe el cuarto de añil y las falenas, amedrentadas, se despegan de los muros y alzan un vuelo confuso. Con el corazón acelerado, se cubre la cabeza con las mantas para no oír un extraño lamento que proviene de lo alto, un desgarrado hilo de tinieblas, que no cesa hasta el amanecer, cuando las mariposas nocturnas huyen a refugiarse de la luz del sol y desaparecen por las grietas de los muros, o se guarecen en la oscuridad de los armarios.

La mañana en que Draya repara en las ojeras pardas de su nieta, se conmueve y la abraza al oír de su boca el relato de la pesadilla, y maldice en silencio el poder maligno de las falenas y la inminente proximidad del fin del mundo. Reacciona y toma la firme decisión de abrir de par en par las ventanas y poner en marcha los relojes para acelerar el tiempo, recuperarlo y ahuyentar con las sonerías y cajas de música los resabios de sombras, de dolor y fracaso, y también para dar entrada a la brisa para que se lleve el polvillo malsano que se desprende de las alas de las polillas: esa nube agrisada, impalpable, flotando en el aire y que se deposita en delgadas láminas sobre los muebles, las alfombras y todo cuanto hay en la casa. «Todo sea por el bien de Hada Dulce, por su salud. Si tiene que llegar el apocalipsis, que así sea.»

Aprovechando la siesta pesada de la gobernanta y la indiferencia de las demás sirvientas, Laureano se interna por los corredores, sube numerosas escaleras sin hacer ruido, atraviesa palomares vacíos y ruinosos, trasteros repletos de muebles desvencijados en cuyos cajones se entretiene revolviendo con curiosidad, hasta que da con un grueso álbum de tapas color lacre ribeteadas de oro y aprisionadas por un cierre de latón dorado. La cerradura cede bajo una ligera presión de los dedos y lo abre. En cada estampa, en la que entretiene su vista largo tiempo, se ilustra una variante del amor con tanto realismo que se le arrebatan los sentidos: mujeres hermosas, robustas, se entregan lascivas a sus impulsos amorosos a otros tantos hombres. Enmarcados en orlas de plumas de pavo real y nenúfares, cada estampa revela una postura amatoria diferente. Los ojos de Laureano, humedecidos ante las sorprendentes emociones, se demoran en este u otro detalle: en los pechos generosos, en las nalgas rosadas y exuberantes, en las pieles aterciopeladas que se abren como flores al placer, en las enormes vergas que penetran los incontables senderos de la carne, en las voluptuosas aberturas dispuestas a engullir. Es tal la multiplicidad de estímulos que se sofoca y no advierte que entre sus piernas su virilidad se ha enardecido y está a punto de estallar. Instintivamente sus manos acuden allí donde el ansia las llama, y mientras sus ojos se extasían en las estampas, reconoce por vez primera las puertas doradas del paraíso al que fue destinado. Edén del que no puede evadirse cuando cierra el álbum y lo oculta en el pecho bajo la camisa, como un tesoro colosal. Pero antes de abandonar el trastero, su mente de criatura arrancada prematuramente de la niñez le hace reparar en un cornetín de lata que asoma entre unos bultos de ropa, y decide también llevárselo consigo colgado en bandolera.

Con sus hallazgos a cuestas, con el corazón todavía en vilo, continúa su aventura en los altillos. El polvo acumulado durante años forma una espesa capa en la que estampa sus huellas. Docenas de ratas de hocico trémulo huyen a su paso y se introducen por las aberturas que conducen a las madrigueras. Hay senderos de pasos confusos, de pies pequeños marcados en el polvo, recientes, sucesivos, y decide seguirlos. En las vigas y entre las tejas anidan falenas: las calaveras del dorso dibujan guirnaldas de minúsculos osarios.

Palpa en el bolsillo la llave sustraída a la gobernanta, de hierro frío, con marcas opacas y negras de haber sido sometida a un fuego intenso; y en ese momento oye un quejido. Se detiene, agudiza el oído. No son ratas.

Vuelve a oír esa especie de lamento ahogado, que parece provenir del otro lado de una puerta. Observa una vaga inquietud en su corazón, similar a la que siente cuando Hada Dulce lo obliga a jugar, le coge una mano y se la coloca en esa parte dura, esa especie de costra que tiene entre las piernas muertas, que rodean el orificio encallecido por el que, según ella, salen los niños muertos, pero que él ahora conoce gracias a las estampas, su verdadera utilidad.

Pega una oreja a la puerta: no oye nada. Está a punto de introducir la llave cuando suena otra vez ese gemido, ahora más nítido. Gira la llave y abre. La oscuridad es total, hasta que sus ojos se habitúan y distingue un ventanuco estrecho en lo alto, que arroja una vaga claridad amarillenta. El ímpetu de una bocanada de peste lo hace retroceder: es un hedor a estercolero denso, casi palpable, que le impide respirar y le obliga a taparse la nariz y la boca con las manos.

Le tiemblan las piernas de una forma similar a cuando ella le obliga a tocarle esa dureza y le dice que es el Hada de Azúcar del disco rayado, ese que gira excéntrico y emite siempre un sonido circular y ronco.

De improviso distingue una silueta delgada, tambaleante, surgida de la oscuridad como un espectro.

Ahoga un grito y retrocede.

La silueta se acerca; la luz del ventanuco le cae de lleno encima y perfila un hombre desnudo, con él pelo mugriento, hirsuto y largo hasta los codos.

El olor que despide es a sudores, a orines y heces acumulados. El muchacho apenas respira. El hombre alarga una mano vacilante, le acaricia el pelo rubio y le sonríe:

—¿Quién eres?

El muchacho se confunde, estremecido por el asco, articula una negativa vaga y le explica que es el hijo de Laura... pero él no lo escucha.

—¿Y tú, quién eres? —balbucea a su vez.

El hombre duda, hace memoria. Por fin murmura:

—Soy Asrael, el hijo de la gobernanta...

Laureano medita las palabras, elucubra la inexplicable presencia de ese hombre confinado al oprobio. Es interrumpido por la voz débil que le reclama atención:

—Mira —le dice el hombre, señalando con un dedo.

El muchacho ve en el hueco oscuro de las ingles un miembro blanco y largo, como un colgajo hecho de tripa macilenta. Impresionado, da un paso atrás y se arrincona. Su mente recupera con viveza las imágenes del álbum cuyo peso y volumen se evidencia bajo su camisa.

El hombre no deja de sonreírle y toma entre sus manos el colgajo:

—Mira —y lo sopesa.

Laureano distingue la huella de una costura alrededor del pene y el escroto: breves trazos paralelos, pálidos y con un ligero relieve. La huella inconfundible de las artes de Draya.

—¿Ves? —le dice el hombre—. Está de nuevo en mi poder. Es mío. Mi madre me lo puso... Te contaré un secreto, ¿me prometes guardarlo?

El muchacho asiente, se resigna al hedor y permanece callado, oyendo la historia que el hombre le relata a trompicones, aunque sin padecer una sola laguna en su memoria. Cuando ha concluido y ante el ademán de Laureano de marcharse, le pregunta con la voz teñida de esperanza:

—¿Volverás?

—Volveré —le miente. Y antes de salir vuelve a oír la voz del hombre a sus espaldas:

—Esa trompeta fue mía. Jugaba con ella cuando niño... fue un regalo de la señorita Alba Licornia... y pone los ojos en blanco mientras su mano se desliza hacia abajo, yendo instintivamente hacia el colgajo.

La gobernanta se encarga de vestir a Hada Dulce. Ella misma le hace la ropa; es muy hábil con la aguja y los hilos; ya lo decía la señora Iris. Las mejores telas, que fueron traídas años atrás de Europa, en tiempos de Alba Licornia, son para Hada Dulce: satén, tafetán, organdí, tul, terciopelo. También repara las alas de tul tornasolado a las que cose todas las lentejuelas que halló dispersas en cajones y fondos de armarios, abalorios y canutillos de cristal que arrancó de los caireles de algunas lámparas. Endereza el armazón de alambre y vuelve a fijar los cordones y cintas con que se sujetan a la espalda. Rehace la estrella de plata de la varita mágica, y a falta de papel de plata usa hojas de cuchillos de cocina viejos, pulidos con arena fina y ceniza, relucientes bajo la luz de la luna.

La perfuma con esencias de enebro, le aplica maquillaje de polvos y colorete en las mejillas, la peina y le sujeta el cabello a la nuca con un moño tirante, como lo llevan las bailarinas que aparecen en las revistas.

—Estás muy guapa.

Con esfuerzo, porque la niña crece y cada día pesa más, vuelve a sentarla en la silla de ruedas y la lleva detrás del biombo chino de bambú lacado.

Le puso un vestido rojo fuego, de gasa, con faldas largas hasta los tobillos, que le ocultan las piernas flacas y muertas en las que asoma una incipiente pelusa oscura.

—Ya está. Eres la más hermosa... —se aleja unos pasos reculando como los pintores cuando buscan la distancia justa para apreciar la efectividad, exactitud y perfección de su arte.

—Y la mejor bailarina —asevera ella, alzando la cabeza con arrogancia y colocando los brazos en quinta.

Draya va al otro extremo de la habitación y da cuerda al gramófono, coloca la aguja sobre el disco. Apaga las lámparas y deja encendidos únicamente los quinqués en los veladores, corre las cortinas de todas las ventanas para que nadie pueda ver.

Comienza la *suite*. El disco gira en círculos un tanto excéntricos y la aguja salta sobre los surcos produciendo hirientes afonías. La gobernanta toma asiento en la *chaiselongue*: es la única asistente al espectáculo.

De detrás del biombo chino hace su aparición Hada Dulce y sitúa la silla de ruedas en el centro de la estancia. La gobernanta ha cubierto las lámparas con pañuelos azules de gasa, y la bailarina se transforma en un hada azul.

Vuelve a alzar los brazos en *quinta posición*, estira exageradamente el torso y levanta la barbilla. Clavada en el mismo sitio, únicamente con el tronco y los brazos, sigue la maltrecha melodía obedeciendo las órdenes y sugerencias rítmicas que le dicta su oído, insensible y siempre a destiempo.

La gobernanta sostiene una sonrisa boba que parece habérsele quedado pegada a los labios, junto con una mirada de júbilo bruñida con inusitado fulgor. Cuando comienza la danza china, arrebatada por un desmedido entusiasmo, se pone de pie, corre hacia Hada, coge el manillar de la silla y sigue el ritmo con ella, con una energía milagrosamente recuperada. Está a punto de comenzar la *Danza de las Flautas*, cuando Hada Dulce grita con su voz de falsete:

—¡Basta ya!... Estoy cansada. La función ha terminado.

La gobernanta aplaude, se deja caer en la *chaiselongue*, jadea, tiene el rostro iluminado por lo que considera un éxito.

—¡Quiero al príncipe!

Se sorprende, mira a Hada Dulce interrogándose por el motivo de tal decisión repentina. Esta vuelve a ordenarle, ahora con mayor rudeza:

—¡Quiero que me traigas al bastardo ahora mismo!

Obedece, y a los pocos minutos regresa con él y se retira dejándolos solos. Hada Dulce se apresura a echar llave a la puerta:

—Así no nos molestarán.

Draya se esfuma. Baja a las cocinas con ímpetu renovado, blandiendo la fusta negra. Sorprende a las sirvientas haraganeando y disfruta con este descubrimiento, se solaza con él:

—¡A trabajar, miserables! —y comienza a repartir latigazos—. ¡Hatajo de vagas! —el vergajo deja ríos encarnados en las pantorrillas y en los brazos desnudos, regueros de sangre en las manos que pretenden frenar el ímpetu de los fustazos—. ¡Carroñas!...

Es tal el revuelo, que hasta las falenas, que dormitaban pegadas a los techos, planas y silentes, casi imperceptibles en la altura, se sobresaltan y alzan vuelo. La gobernanta se lleva la mano al bolsillo y comienza a extraer bolas de naftalina y a arrojarlas sin ton ni son:

—¡No acabaréis conmigo, asquerosas!

Pero las falenas son tantas y están tan alteradas, que forman una nube densa, se dan con las paredes, caen en las cacerolas, se meten bajo las faldas de las sirvientas. Belinda, radiante de dicha, las atiza a diestra y siniestra con una palmeta y no da abasto a recoger cadáveres del suelo.

La gobernanta huye escaleras arriba, con el pelo lleno de mariposas grises prendidas como horquillas y grita desesperada:

—¡Maldita sea la hora en que a la señora le dio por poner la luz eléctrica!

Mientras tanto, en las habitaciones nobles, Hada Dulce pide:

—Dime que soy la más hermosa y la mejor bailarina —petición hecha con soberbia, como todo deseo suyo, que en su boca es una orden.

El muchacho repite las consabidas frases halagadoras.

Draya regaló sus oídos desde niña con empalagosos cumplidos, la crió entre mantillas, carantoñas y mimos, satisfizo todos sus caprichos, hasta los más inverosímiles y malvados. Su nieta desconoce un rechazo a sus deseos, una negativa rotunda. Desde la silla de ruedas, a la que confiere categoría de trono, y a pesar de su enclenque anatomía, Hada reina sobre todo lo que habita en la casa: su corona abarca a la gobernanta, al resto de las sirvientas, al niño rubio... únicamente las mariposas nocturnas escapan a sus dominios, son inmunes a sus deseos.

Cada vez que sube a jugar con ella, Laureano debe sentarse en el suelo a sus pies, y desde allí contemplarla en lo alto del trono, decirle zalamerías y cumplir con todo lo que le pida.

—¡Ámame o te castigaré!

Y él comienza a acariciarle las piernas muertas que asoman como ramas secas bajo los tules rojos, las rodillas nudosas, los muslos cuya piel es blanca y escamada, y cuya repulsión no le impide perder la mente en el recuerdo vivo de las afiebradas estampas del álbum que tiene oculto en las leñeras y al que acude con frecuencia desmedida. Sus dedos torpes se enredan, las uñas hieren y desgarran los tules.

—¡Eres un bruto!

Pide perdón. Pone especial cuidado al acariciarla, aunque con cierta repugnancia mal disimulada, pues Hada Dulce no se parece en nada a las bellas, exóticas y sensuales mujeres del álbum.

—No me quieres con un amor verdadero, lo noto: tu mente está en otra parte, muy lejos de aquí. Acabaré contigo cuando vuelva del extranjero si continúas distraído —sentencia Hada Dulce. Tiene en la voz y en los ojos una frialdad metálica contundente, que evidencia un odio antiguo y visceral.

—¿Te irás? —Laureano se sorprende.

—Sí, a la mejor escuela de ballet de Europa...

El muchacho pone más convicción en sus caricias y suspira, finge transportarse hacia un gozo inabarcable. Con suavidad comienza a despojarla del vestido y de las alas, hasta dejarla desnuda y temblorosa. Aplica leves besos en el pecho plano donde comienza a despuntar un vello oscuro verdoso, hirsuto, pero suave y oloroso como el musgo. Hada suspira y entorna los ojos, bambolea la cabeza, como si tanto amor estuviera a punto de robarle los sentidos al punto de desvanecerla.

—Tuve un sueño —murmura sin abandonar el éxtasis en el que se halla inmersa.

Pero Laureano no le hace caso, tiene los sentidos puestos en la efectividad de los besos y caricias que le prodiga, cuya vehemencia obedece a un objeto sublimado: a las voluptuosas e insaciables mujeres de las estampas galantes.

—¡Tuve un sueño, bastardo! ¿No me oyes?

Laureano reacciona y finge interés:

—Te oigo.

—Soñé con unos músicos hermosos, bellos como ángeles, que me adoraban, que tocaban a la flauta una música celestial enternecedora, y yo bailaba...

Acentúa el fragor de las caricias y sella la boca de Hada Dulce con un beso suave en los labios, pero que se vuelve febril a medida que su mente se interna cada vez más en la visión de las estampas a las que hace cobrar vida en su imaginación. Ella siente el sabor de otra saliva, la tibieza de una lengua que busca la suya entre los dientes, que le obstruye la garganta, la asfixia. Y gime de placer, se retuerce y se ofrenda en sacrificio, se desmorona por la pendiente de un gozo que intuye como el prólogo de otro inminente y mayor.

—Hada Dulce... —musita él mientras le mordisquea un lóbulo.

—Di que me amas... —balbucea ella, transportada hasta los límites del fuego.

—Te quiero, Hada Dulce —imposta una voz grave y solemne.

—¿Me amarás para siempre?

—Sí.

Se estremece al sentir una lengua caliente girando en círculos alrededor del ombligo, está a punto de desmayarse e implora:

—Baja, sigue más abajo...

Una descarga similar a una corriente magnética le recorre el cuerpo entero cuando esa misma lengua, húmeda y encendida, se pasea arriba y abajo por el costurón de la entrepierna. Le falta el aire, los ojos se le vuelven hacia dentro como a una muñeca con los mecanismos rotos, coge la cabeza del muchacho por el pelo rubio y la empuja más entre los muslos, para que la devore. Se convulsiona ante la proximidad del orgasmo, y está a punto de transfigurarse dispuesta a subir a los cielos, cuando ese fuego divino se retira de pronto.

—Sé dónde está lo que te falta —le dice el muchacho, mirándola a los ojos, sonriendo.

Temblando, bañada en sudor y humores amorosos, sin entender el motivo de tal interrupción cuando se hallaba tan cerca de la beatitud celestial a punto de tocar las llaves del edén con sus manos, con las mandíbulas apretadas para contener la ira, Hada Dulce hace un esfuerzo y articula un desafío que disimula con dulzura:

—Esta noche, cuando todas duerman, ven a mi cuarto. Trae una linterna o una vela y te enseñaré una cosa.

Laureano se dirige a las alacenas provisto de una de las tantas llaves que a menudo le sustrae a la gobernanta. Lleva envuelto en un papel de estraza encerado un bote de vidrio con un trozo de tripa de cerdo que recogió esa misma tarde de entre los desperdicios. Con su habitual destreza para moverse en las sombras, intercambia contenidos: el despojo viril de Asrael por la tripa de cerdo, y esconde su nuevo tesoro en la leñera. Roba luego un cabo de vela, cerillas de madera, y sube al encuentro de Hada Dulce, quien lo espera ataviada con un traje blanco de seda impecable y la cabeza tocada con una diadema de florecillas artificiales que le ha hecho Josefa con miga de pan teñida, sujetas a un armazón de alambre recubierto de papel Pinocho. Abraza una muñeca enorme de paño *lency*, desnuda y calva, a la que cosió en el perímetro de la cabeza, a modo de diadema, una sarta de ojos de cristal multicolores que fueron de otras muñecas. No advierte que en la costura de una pierna hay un desgarrón por donde se escurre un delgado hilo de serrín.

—Cógeme en brazos y vamos fuera. Te mostraré una cosa, para que veas que yo nunca miento.

Vuelve a atravesar las cocinas, únicamente iluminadas por el leve resplandor de las ascuas de los fogones, llevando en brazos a Hada Dulce. Una vez en el jardín, ella le indica que se dirija al estanque del ángel decapitado. Laureano la sienta en el brocal de piedra, y enciende la candela, que forma una esfera de luz amarilla en torno. Ambos en silencio, contemplan un instante la luna inmensa y gris. A lo lejos suenan cantos de ranas y de grillos, un concierto sosegado que podría ser perfecto si amainaran las ráfagas hediondas que vienen del estercolero.

—Todas te adoran —Hada Dulce rompe el silencio—. Vives rodeado de cariño.

El chico no comprende el sentido de estas palabras, y la mira fijamente. La niña continúa, con la voz quebrada:

—No conoces el significado de la palabra desamor, ni el de la palabra odio —eleva los ojos al cielo—. Nací bajo una estrella cuyo brillo se desvaneció en el mismo instante de mi alumbramiento; o tal vez bajo el signo belicoso de la tormenta, del relámpago y del trueno. Tu condición de bastardo las mueve a quererte, a protegerte; ¿o acaso es tu belleza, que a todas conmueve, incluso a la gobernanta...? Tú me querrás siempre, ¿verdad?

—Sí —balbucea.

Y ante la afirmación que acaba de hacer nota una extraña desazón en el pecho, ya que su mente vincula y confunde imágenes que lo enardecen. Hada Dulce esboza una ligera sonrisa de satisfacción, no exenta de un deje profundo de amargura. El muchacho rubio busca una complicidad al amor que acaba de prometer en falso:

—Pero la gobernanta te quiere a ti... —arguye.

—No confundas las cosas —continúa con el tono de congoja—. Es parte de su deber: su cariño es una cláusula más en el contrato que firmó su naturaleza servil y que la obliga a la veneración de los de mi sangre. Lo suyo no es amor, ni siquiera cariño; es parte de su instinto de supervivencia, de un aprendizaje transmitido de generación en generación hasta quedar grabado a fuego en las capas más profundas de su raquítico y atrofiado cerebro... —cierra los ojos y se calla. Cambia de pronto de inflexión adoptando una más limpia, y le pregunta, señalando la cruz vecina: dos simples palos sujetos con alambre:

—¿Ves esta cruz de la que cuelga una corona de flores artificiales, de trapo viejo y lentejuelas sin brillo? Ahí estás enterrado tú.

Laureano hace un gesto interrogante, confundido ante la revelación que acaba de oír.

—Naciste muerto, te lo dije. Muerto y sin alma; por eso no tienes nombre como el resto de las personas, y todas te llaman bastardo, o niño rubio...

—¡Mientes! Me llamo Laureano.

—Jamás, yo nunca miento... los restos de esta corona que hizo Josefa es la prueba... porque, no sé si sabrás, que a los muertos se les ponen flores para que su fragancia los acompañe en el más allá y les haga más llevaderos los tormentos del infierno...

—Pero estas no tienen olor, son falsas, son de trapo...

—Lo tuvieron... cuando las hizo. Josefa las perfumó con esencias que robó del tocador de mi madre.

El chico se acuclilla ante la tumba y escarba la tierra húmeda con las manos. Hada Dulce juguetea con los ojos que cosió a la cabeza de la muñeca, arranca algunos y los arroja al agua:

—Pediré un deseo... un deseo que nunca sabrás... Mientras tanto, tú sigue escarbando, te encontrarás podrido, lleno de horribles gusanos.

A escasos centímetros de la superficie da con unos huesos diminutos. Coge uno y lo examina de cerca. En ese momento, una ráfaga de aire apaga la candela.

—Son tus huesos, tu esqueleto, tu calavera.

Bajo la débil luminosidad de una luna de una blancura enfermiza, escarba y saca a la superficie más restos de osamenta.

—¿Este soy yo...? —murmura incrédulo, mientras observa los puñados de huesecillos.

—... Bueno, lo que queda de ti.

Hada Dulce mete una mano en el agua fétida del estanque y lo salpica:

—Así hueles tú: a podrido —y ríe con una risa cristalina e hiriente.

No le hace caso y se guarda en los bolsillos los huesos amarillentos, descarnados y cubiertos de barro.

Ella se despoja de la diadema de flores de miga de pan y la arroja al estanque, donde se reblandece y se hunde lentamente:

—Dame la corona que hay en tu tumba —le ordena. Laureano se la extiende y ella se ciñe la frente con ella:

—Soy la reina de la muerte... ¿Juras que me querrás toda la vida?

—Sí.

—Bésame.

El muchacho deposita un beso cálido en los labios de Hada Dulce, cuya mirada se vuelve sumisa por primera vez. Con la cabeza en alto coronada de harapos de flores, no deja de mirarlo. Sus manos temblorosas buscan la entrepierna del muchacho y maniobran con torpeza los botones que esconden lo deseado. Laureano comienza a elaborar complicadas imágenes: figuras estáticas impresas con brillantes colores y otras más reales, y este enredo le embota los sentidos y le empaña el entendimiento. Hada Dulce intuye una corriente de aire tibio que sale de aquel espacio cuya clausura destruyó con sus manos, un aliento que le da en la cara, y busca a tientas con sus labios la intimidad palpitante donde se genera ese calor. Su lengua se demora en palpar la dulzura inflamada, ardiente, que no tarda en ocupar con su creciente volumen toda su boca. El muchacho, velozmente traslada su ánima en vilo a las estampas, y se pone en el lugar de los hombres de abultados miembros, y el estatismo de las imágenes del papel cobra vida en su carne. En ese instante fugaz de incontrolable placer, descubre que él es todos los hombres a la vez, y toma consciencia de su igualdad. «A pesar de haber nacido muerto —piensa—, y de ser un bastardo, en esto y en la muerte, nada me diferencia del resto de los mortales.»

Inmersos en un arrebato indomable, pierden la mirada en el éxtasis del cielo negro, justo en el momento en que una sombra inmensa se interpone a la luna. Un cuerpo oblongo, enorme, como el cuerpo en forma de uso de una mariposa, se perfila en el firmamento, con una hilera de luces amarillas diminutas en el abdomen azulado.

A pesar del estupor que la visión produce, Hada Dulce continúa aferrada, libando como una mariposa el azucarado estambre de la pasión, y en ese instante de plenitud, mientras se pregunta por la naturaleza monstruosa de aquel portento que ciega la luna, recibe el néctar tibio, un aguijón que la hiere en el cielo del paladar.

Laureano deja escapar un grito que horada la noche, y sus dudas sobre la vida y la muerte desaparecen de repente.

Las ranas y los grillos también han hecho silencio, también embelesados ante el fenómeno.

Durante unos minutos el extraño artefacto se mantiene impasible, majestuoso como una nave flotando sobre las olas, hasta que oyen un zumbido leve y lo ven desaparecer lentamente, deslizándose en el aire con rumbo sur, hasta ser tragado por la oscuridad.

—¿Qué fue eso? —pregunta Hada Dulce, visiblemente confusa ante las inusitadas sensaciones que acaban de invadirla.

—No lo sé... podría ser un monstruo... —responde Laureano, todavía conmocionado, cerrando instintivamente los botones que custodian su esencia recientemente descubierta. Y nota que sus piernas flaquean ante el doble misterio: uno de ellos revelado por la propia naturaleza, y el otro incomprensible, enigmático, apabullante por su presencia descomunal en el cielo.

Con el corazón acelerado, regresan a la casa moviéndose con dificultad por los senderos del jardín a oscuras. Una vez en ella, el muchacho deja a Hada Dulce acostada en la cama acompañada de la muñeca. Está a punto de marcharse cuando ella le coge una mano y le dice:

—Espera... ese monstruo aparecido en el cielo será un secreto entre nosotros, nadie deberá saberlo jamás. Fue testigo de nuestro amor, de tu promesa de amor eterno, no lo olvides...

Antes de retirarse, cuando está a punto de cerrar la puerta de la alcoba, oye una vez más la voz aflautada y conminatoria de Hada Dulce:

—Recuérdalo: bajo la sombra del monstruo volante me diste tu amor y me juraste que sería para siempre.

Le falta el aliento. Ya no es como antes: Draya necesita descansar, recobrar energía en cada rellano de las escaleras, que se le hacen eternas cuando las sube con el plato de comida y la jarra de agua. Y es también cada vez mayor el asco que siente por su hijo, que a medida que pasan los días se convierte más en un espectro que balancea un colgajo pálido e inútil entre las piernas: lo único a salvo de la degradación y la muerte.

Verlo comer la enferma, le revuelve el estómago: la náusea se aproxima a sus labios y tiene que dar vuelta la cabeza o cerrar los ojos. Su hijo, a cuya sangre renunció, es un guiñapo a punto de extinguirse, un saco de piel y huesos descabalado, y teñido del mismo color cerúleo del abdomen de una falena. No queda ni la sombra del hermoso joven que fue: junto con su miembro viril se fueron sus energías, se secaron sus fluidos vitales; además, el severo castigo llevó al límite una decrepitud anticipada. El injerto que ella le practicó, no le devolvió la potencia y vitalidad como Draya pensó en un primer momento, sino que, al contrario, parece haberse vuelto un parásito dispuesto a sorberle el resto de humores corporales hasta apropiarse de su identidad.

—Tienes una hija preciosa —le dice, esperanzada en que esta revelación le estimule la energía y le haga recobrar los ánimos. Pero él no la escucha o finge que no entiende y únicamente esboza una sonrisa idiota, llena de babas—. Una niña preciosa... —prosigue Draya—. Una gran bailarina... una bastarda por cuyas venas corre sangre noble mezclada a la tuya, como aceite y vinagre. Pero su existencia, desde el día que salió enceguecida del vientre de su desdichada madre, solo acarrea disgustos, mala suerte y sufrimiento. Dios jamás vio con buenos ojos ese fruto imperfecto, y no se resigna a vuestra falta... Desde que el destino nos arrebató a la hermosa Alba Licornia, el infortunio se cierne sobre esta casa, castigo que se levantará el día en que todo vuelva a estar en su sitio y en orden. Con la llegada de la intrusa extranjera la maldición se duplicó, ella, como un imán, atrajo más desgracias, y desde entonces todo está revuelto, manga por hombro, patas arriba, y para colmo de males, mandó poner esa luz artificial y demoníaca, que para lo único que vale es para atraer plagas de insectos.

Coge la jarra y el plato vacíos y antes de cerrar la puerta le reprocha:

—Antes olías a vinos avinagrados, ahora apestas a podredumbre, a carroña. Y el gusano que se pudre entre tus piernas es inservible, infecundo, mortal... tu hija es lo único que queda de nuestra estirpe servil; ella prolongará nuestra sangre. Octavia tiene razón cuando dice que la sangre de los pobres circula con el único fundamento de compensar la balanza del poder, y eternizar el ciclo de la naturaleza... tu hija Hada Dulce y el bastardo renovarán la sangre de esta casa con sus nupcias y todo volverá a ser como antaño... él es rubio como el oro, hermoso y fuerte... pero jamás llegarás a conocerlo, jamás verás esa unión sagrada... no son dignos tus ojos de semejante dicha.

—... Como el trigo... —murmura Asrael haciendo memoria, cuando su madre ya se ha marchado y se queda a solas con la oscuridad.

Al bajar, la gobernanta repara en un reguero de polvillo ceniciento que desciende por las escaleras principales hacia el salón. Se agacha y coge una pizca entre los dedos:

—Es serrín —murmura desconcertada. Luego sigue la huella.

Hada Dulce se convulsiona en el lecho. No puede apartar de su mente la noche en la que conoció el sabor dulce de la pasión, cuando probó el fruto almibarado, la esencia íntima de Laureano, su hermano de leche. En su mente confunde los recuerdos: el objeto ardiente que rubricó el amor, y aquel monstruo volante que desafió al fulgor de la luna asesinándolo con su soberbia magnitud.

Mandó llamar a Elisa para que le pusiera ventosas, confiada en que estas alivien sus calenturas. Mientras está tendida de bruces en la cama, con la espalda cubierta de cápsulas transparentes en cuyo interior el vacío alza burbujas de piel enrojecida, rompe el juramento hecho con Laureano y le pide que le explique el fenómeno que vio en el cielo, pero la muchacha no sabe darle razones, y por más que hace cábalas, abandona la alcoba convencida de que las visiones de la niña son fruto de las fiebres: alucinaciones producidas por la debilidad de su sangre, delirios enfermizos como los que cuentan que padeció el señor a la muerte de su prima Alba Licornia, de esa mujer tan bella y pura que ella no llegó a conocer. Pero cuando días más tarde, Laureano rompe también la promesa y confirma la visión diciéndole que lo había visto desde una ventana antes de retirarse a las leñeras a dormir, corrió a la biblioteca en busca de algún ejemplar que le aclarase el misterioso fenómeno. Ningún libro le dio pistas de semejante engendro de la naturaleza; lo más parecido a la descripción de lo que vieron los niños fue la ilustración de un monstruo mitológico llamado Quimera. Decepcionada y muerta de curiosidad, cogió pluma y papel y redactó una carta a la librería de la ciudad encargando volúmenes que versaran sobre fenómenos atmosféricos, aves exóticas, fraudes paranormales, telequinesia, espiritismo, proyecciones astrales y engendros contra natura. Sugirió que, a ser posible, confiada en la sabiduría y poderes de Madame Blavatzki y en los nuevos descubrimientos de un tal señor Steiner, procurasen enviarle algo de estos autores, cuyo rigor científico la cautivaba. Puso al pie de la cuartilla una cruz igual a la que hacía la gobernanta, y lo metió en el buzón junto a la cancela principal.

Por primera vez Draya sube a la buhardilla del ala opuesta: la del este. Se agacha ante la puerta y empuja la trampilla por donde introduce un trozo de queso rancio, pan y una jarra con agua.

La criada ve unas manos delgadas y nudosas que no son las de siempre; aunque le son familiares, y oye una voz que reconoce de inmediato y que todavía le infunde miedo:

—Tu comida, perra.

Permanece inmóvil, callada, olfateando el peligro que se cierne al otro lado de la puerta: ese olor característico que despide la vieja gobernanta: a cera, a moho, a hierbas venenosas.

—Sé que estás ahí, que todavía no has muerto —susurra Draya a través de la trampilla—. Qué más quisiera yo que tu alma estuviera sepultada en los infiernos desde hace tiempo... retorciéndose entre las llamas eternas... —se pone de pie. Laura ve a través del exiguo rectángulo de la trampilla los botines negros de charol reluciente.

No desespera por el trozo de queso blanco que destaca en el suelo como una perla gigante, porque una inmensa angustia le oprime el pecho y apenas podría tragar bocado. Los botines siguen allí, impertérritos, como enormes escarabajos de azabache. Parecen tener ojos vigilantes.

—No quieres hablar, ¿verdad? Y prefieres morir de hambre a manifestarte. Pero sé que estás ahí, temblando como una rata asustada, pudriéndote como carroña...

Los escarabajos permanecen imperturbables, el brillo quitinoso amedrenta, su mirada vivisecciona.

—¿Sabes, perra, que mi niña, la luz de mis ojos pronto cumplirá los sueños de su madre?

Las palabras le llegan ahogadas, mullidas por el espesor de la madera, blandas y hasta dulces.

—... mi niña irá a estudiar a una academia muy prestigiosa, como fue la voluntad de su madre...

—Será una estrella de la danza —susurra Laura, involuntariamente, como un reflejo condicionado: un halago monocorde, memorizado en las afiebradas duermevelas y en los estigmas labrados en la carne por la fusta.

—¡No, ya no será bailarina, zorra!... sus piernas muertas no se lo permiten —su voz adquiere un timbre desgarrador—. Ya no podrá bailar como antes... los fulgores de las candilejas no trazarán su nombre en la noche de las grandes ciudades de Europa... —la voz de la gobernanta se hace débil, se fragmenta. Los escarabajos reaccionan, se inquietan.

Laura enmudece y por su mente cruzan multitud de recuerdos en los que ve a la señora pariendo aquel insólito apéndice, ese trozo de entraña sanguinolento.

—... ahora viajará a Europa a estudiar otras artes: las de la mecánica, y, como el señor, podrá hacer hermosos muñecos con movimiento.

No comprende las palabras de la gobernanta, aunque tampoco le importa el destino de Hada Dulce.

—Cuando regrese de sus estudios sabrá qué hacer contigo, perra...

—¿Y mi hijo?

—No sé nada —y el tono se le vuelve férreo, glacial. Los escarabajos emiten brillos sarcásticos—. No sabemos nada del bastardo rubio, desapareció hace mucho tiempo: supo burlar los muros y la corona de púas. Yo misma lo vi correr entre los cardos azules, trepar ágilmente y saltar al otro lado.

Después no volvimos a saber nada, nunca regresó. Tal vez esté muerto... ya te lo dije...

Con un golpe seco la trampilla se cierra y la visión de los escarabajos desaparece, también la tenue claridad que se filtraba a ras del suelo, y con ella las esperanzas. Una vez más la negrura es total; cuando los pasos de la gobernanta se pierdan en los infinitos corredores, también lo será el silencio.

Hada Dulce está disgustada. Laureano advierte el enfado nada más ver el ligero temblor que le conmociona el labio de arriba. A su alrededor tiene numerosas revistas esparcidas, cupones recortados, algunos de ellos rellenos con su letra desmañada y llena de faltas.

—Es por tu culpa —le recrimina al verlo. Y ante el gesto de desconcierto del muchacho le explica—: La noche que me llevaste al jardín, cuando hallaste tu propio esqueleto junto al estanque y prometiste solemnemente bajo la sombra del monstruo volador que me amarías toda la eternidad, la gobernanta se enteró de todo... Una sucia muñeca fue tu cómplice, pues dejó un rastro de serrín delator; y ella me castigó severamente, me prohíbe volver a salir de la casa. En compensación a mi castigo, quiero que me digas de una vez por todas dónde está lo mío.

—Te lo diré si me prometes una cosa.

—No hago tratos con bastardos, ni con nadie.

—Entonces no te lo diré.

Hada se agita nerviosa, se pasea con la silla de un lado a otro del dormitorio dando violentos giros a las ruedas, y emitiendo chasquidos con la lengua, a la par que se retuerce furiosamente un tirabuzón azabache que le cae sobre los ojos.

—Está bien. ¿Qué debo hacer? —frena en seco la silla y lo enfrenta.

—Decirme la verdad sobre mi madre.

Vuelve a pasear en círculos alrededor del muchacho, cambia su trayectoria y se dirige a las estanterías donde están las muñecas, coge una sin cabeza, le acaricia el vestidito sucio, hecho jirones, la estrecha contra el pecho, la besa con besos ruidosos:

—Tu madre está muerta... —le suelta sin inmutarse.

—¡Mentira! —crispa los puños y se contiene para no abalanzarse sobre ella.

—¿No querías la verdad?... La verdad siempre es dolorosa —sin dejar de acariciar a la muñeca gira en redondo y se acerca desafiante al chico—. La mató la gobernanta, igual que a Blanca por verme desnuda y tocarme donde nunca debió hacerlo; se deshizo de tu madre cuando descubrió tu existencia... por celos... no pudo soportar tu belleza...

—¡Mientes!

Le gustaría destrozarla con los puños, pero se distiende ante el peso de una congoja que surge de improviso.

—A veces oigo gemidos muy lejanos, llantos... —susurra Laureano, con los ojos fijos en el suelo, mientras un sabor amargo se le acumula en la boca.

—Es el viento —improvisa Hada Dulce al instante—, yo también lo oigo, es el aire del Norte, que se filtra por las vigas de los tejados, atraviesa las puertas y baja las escaleras.

—No es cierto...

Hada lo mira sin dejar de sonreír ni de acariciar el cuerpo decapitado de la muñeca, cuyo pecho oprime con una mano y del que surge una voz metálica: «Mamá». La sonrisa de sus labios se acentúa:

—¡Está muerta! —y asesta un violento puñetazo en el vientre de la muñeca, que antes de emitir un ruido de voces rotas, alcanza a pronunciar: «Mam...», y se calla definitivamente.

—Entonces, nunca sabrás dónde tengo eso —sentencia el muchacho, que presiente suya la victoria y hace ademán de abandonar la habitación.

—¡Espera! Está bien, te lo diré —y arroja el cuerpo de la muñeca al otro extremo de la habitación—. Pero antes tendrás que hacer algo por mí...

El muchacho accede con un ligero movimiento de cabeza. Hada se le acerca, con mirada zalamera, sumisa y a la vez triunfadora. Sus ojos negros son un pozo de deseos, con un índice se tortura un bucle y otro, se estira los tirabuzones y los suelta.

—Quiero que te quites la ropa, que te desnudes— murmura dulcemente, ladeando la cabeza sobre un hombro—. Me gustaría revivir nuestros juegos en el cobertizo, ¿recuerdas? Tú y yo ante el espejo.

Lentamente el muchacho se desnuda, arroja a un lado la ropa mientras su cabeza se embota con las imágenes que lo obsesionan cada noche, cuando en la soledad de las leñeras recorre las estampas con los ojos bruñidos por la fiebre y sus manos ejecutan el rito que lo iguala al resto de los mortales. Permanece de pie, con las manos a los lados del cuerpo, preso de un sentimiento de incomodidad que no había sentido antes. Ella pasea sus ojos atónitos arriba y abajo, extasiada. Los detiene en el sexo del muchacho y allí se entretiene escudriñando:

—Se ha vuelto oscuro y coronado de oro...

—Sí... —y Laureano siente un irrefrenable impulso a repetir la escena del estanque.

Hada aferra sus manos a las ruedas con tanta fuerza que se hiere con el metal. Comienza a sudar y a padecer una rara e insoportable emoción que le corroe el pecho y la garganta, advierte una involuntaria humedad en el bajo vientre, donde nada se mueve y nada vive. Un inmenso calor se apodera de toda su carne, que se eriza y le sube hasta el rostro, donde nubla sus ojos de lágrimas. Por primera vez se conmueve ante su propio infortunio y maldice en silencio su destino.

—Ahora lo comprendo todo, entiendo el mecanismo que mueve al mundo de allí fuera —murmura con la voz quebrantada—. Tu madre está en una buhardilla del ala este, ve con ella —sus ojos brillan con intensidad un segundo, resignados a la injusticia de su maltrecha naturaleza, pero no se doblegan ante su autocompasión y recuperan el talante férreo—. Jamás te lo perdonaré. Ahora dime, ¿dónde está lo mío?

—¡Nunca lo sabrás, zorra! —y la desafía llevándose una mano al sexo que estrangula impunemente hasta amoratarlo. Laureano recoge la ropa del suelo y deja la habitación, desnudo, riendo a carcajadas.

Hada Dulce se enfurece y se convulsiona en la silla, grita y lo maldice:

—¡Estás muerto, traidor! ¡No tienes alma!

Bajo las directrices de Marisa, que lleva por primera vez en su vida un gorro de cocinero estrecho y alto que halló intacto en el fondo de una gaveta, las criadas tamizan harinas levantando nubes blancas por toda la cocina, cascan huevos frescos de gallina separando en sendos boles las claras de las yemas, disuelven levadura de cerveza en agua templada, amasan vigorosamente con los brazos desnudos, arremangados hasta los hombros, cubren la masa de las artesas con grandes paños húmedos y la velan en duermevela mientras leuda, crece y reboza, atizan la leña, barren con ramas de romero y mirto el suelo ardiente de los hornos de ladrillo, embadurnan moldes con aceite de oliva, baten claras a punto de nieve, disuelven chocolate negro sobre el fuego en cazos de cobre, mezclan mantequilla con azúcar y anaranjadas yemas para hacer la crema pastelera, eligen los colorantes adecuados y calculan la dosis exacta para teñir de colores las cremas para los pasteles, la cobertura para la grandiosa tarta de cumpleaños y despedida. Al cabo de las horas, mientras las demás descansan del ajetreo tumbadas en los bancos de la galería, cubiertas de harina como espectros, y embadurnadas de chocolate y cremas, Belinda ensarta verticalmente en la tarta de cuatro pisos las velitas rosas estriadas, y las cuenta una y otra vez para no equivocarse:

—... trece, catorce... y quince.

Como de costumbre, Laureano le roba las llaves a la gobernanta mientras está dormida, bajo la mirada indiferente de las demás sirvientas, deja la cocina y sube a las plantas superiores donde deambula por habitaciones clausuradas, penumbrosas y cubiertas de polvo, y pasillos retorcidos y estrechos cuya geografía apenas reconoce de anteriores incursiones. Desbloquea puertas y aparta espesas cortinas de telarañas. Extasía la mirada en los techos altos donde anidan mariposas nocturnas por millares: racimos aterciopelados temblorosos, miles de ojos vigilando sus pasos. A medida que avanza y sube tramos de escaleras, los cuartos se hacen más bajos, pequeños y sombríos, y le obligan a andar encorvado; un olor penetrante surge de los excrementos de murciélago, de rata, de falena, similar al olor de los cuerpos momificados, al de los huesos resecos como los que lleva en los bolsillos, y de los que nunca se desprende. Por momentos teme extraviarse en ese dédalo silencioso, y confía en las propias huellas que va dejando atrás en el suelo polvoriento para no perderse y poder regresar. Aquí y allá la luz apuñala el techo entre las tejas, y arroja finos dardos dorados que lo conducen a otros trasteros aún más exiguos y sórdidos. Hace tiempo que dejó de oír los ruidos de las cocinas; la música rota de *Cascanueces* en la habitación de baile: fue el último rumor en disolverse cuando atravesó la puerta de los palomares. El gemido del viento lo confunde, siembra pistas falsas, es un órgano engañoso cuyas notas profundas y graves le impiden discernir otros lamentos: los que intuye y persigue. Innumerables noches no pudo pegar ojo a causa de esas voces ahogadas que llegaban hasta su jergón, de esos quejidos lejanos y confusos que penetraban con intermitencia en la leñera. Ahora los sonidos lo atacan desde todas partes, configuran una música inarmónica, difícil de desentrañar.

La última de las escalerillas lo lleva a un estrecho rellano, y presupone que se halla en la parte más alta de la casa, justo debajo de la cumbrera, y distingue en lo alto la viga maestra, todavía sólida a pesar de la carcoma, cubierta de murciélagos y mariposas. Frente a él se alza una puerta cerrada con candado en cuya pate baja hay una trampilla.

No oye nada, incluso el órgano del viento detuvo sus pulmones, dejó de respirar para oír sus pasos.

De pronto se produce un roce al otro lado de la puerta.

—¿Madre?

Nadie le responde, únicamente el silencio se manifiesta.

Un llanto suave, casi imperceptible, se filtra por la trampilla.

—¿Madre? —vuelve a llamar.

Las falenas se amedrentan y hacen vibrar las alas que producen un monótono zumbido, los murciélagos se rebullen sin salir de su sueño. Afuera, el viento se encapricha y cambia de dirección haciendo girar violentamente la veleta de hierro, que emite un chillido oxidado.

La gobernanta, víctima de una incontrolable congoja, llora y se enjuga las lágrimas con el pañuelo de batista, ahora arrugado y mugriento, suspira y niega con la cabeza.

Está nublado: densos coágulos de un gris ceniciento cubren el cielo a borbotones. En el jardín, los tallos de los cardos rematados en coronas quebradizas y calvas, se mantienen rígidos a la espera del granizo otoñal que los siegue. La puerta principal está abierta de par en par, con una sirvienta de pie, tiesa a cada lado de la gobernanta, a la espera del coche de punto. Ríen sin parar, cuchichean, se tambalean bajo los efectos de la borrachera.

Dentro, en el enorme comedor, usado por primera vez después de años de permanecer cerrado, las mesas rebosan con las sobras del festín de cumpleaños y despedida. Lo que queda de la enorme tarta blanca, coronada de fresas, guindas, obleas y pétalos de rosa dulce, se desmorona sobre las columnatas de yeso, con las quince velitas rosas apagadas, consumidas a medias. En las cocinas se amontonan las cacerolas y bandejas, torres de platos sucios, vasos y copas con un poso color burdeos adherido al fondo, o con restos de bebidas doradas y espirituosas. La única copa de cristal de bohemia intacta, la más bella por su grabado al ácido del antiguo blasón familiar, tiene la impronta obscena de unos labios carmín que dejó Hada Dulce, maquillada oportunamente por la gobernanta por última vez, antes de haberle cortado los bucles retintos que guardó en una caja, vestirla de hombre, engominarle el pelo y peinarla como a un hombre.

Laureano picotea las sobras, ajeno a lo que ocurre en la puerta de calle, donde las sirvientas y la gobernanta despiden a la niña de sus ojos.

—¿Nos escribirás? —insiste Draya, compungida, estrujando el pañuelo empapado en lágrimas.

Hada Dulce asiente, emocionada, recelosa de tener que abandonar el caserón del que nunca había salido, arredrada ante la visión de un mundo hostil cerniéndose más allá de los altos muros, bajo el cielo encapotado que amenaza desplomarse. Un remolino de falenas danza en lo alto, da vueltas en torno a los tejados, confunde el cielo gris con la noche. Es como si también ellas hubieran despertado de su sueño para despedir a Hada Dulce y desearle la buenaventura en su viaje más allá del océano. Ella aguarda inmóvil en la silla de ruedas. Las manos le transpiran y mueve inquieta a un lado y otro los ojos muy abiertos. Se siente extraña vestida de varón y con el pelo corto peinado con una raya al medio, pero era lo más adecuado para salir de la casa, según le indicó la gobernanta mientras la vestía, solo así la admitirían en la escuela de autómatas, donde decidió inscribirla, pues allí está prohibida la entrada a mujeres, precisó. «También deberás procurar impostar la voz, hacerla más grave, disimular para que no sospechen tu... *diferencia*», le aconsejó mientras le quitaba los restos de maquillaje y le ajustaba el lazo de la corbata. «Y que jamás te vean desnuda», dijo esto muy seria, con acentuado tono conminatorio.

Las sirvientas no dejan de reír, de susurrar, de dirigir miradas de soslayo a Hada: así vestida, no parece ella. También están nerviosas: alguna, bajo los efectos de la bebida, deja caer una pesada lágrima. Saben que a partir de ahora todo será diferente, tal vez mejor... la gobernanta ha perdido sus bríos, su férrea voluntad flaquea, su fuerza se doblega ante un esfuerzo mínimo, está vieja y chochea, tanto, que se le suelta la lágrima de repente, su cuerpo se disminuye y se encorva por el peso de los años, y la acritud de sus humores la resecan.

—Tendrás que estudiar mucho y ser una niña aplicada —le recuerda Draya.

—Estudiaré.

—¿Me lo prometes?

—Sí, lo juro por la memoria de mi madre.

—La muy cerda —dice por lo bajo Octavia.

—No olvides la promesa que le hice: educarte y darte el mando de la casa cuando regreses, pues por entonces serás mayor de edad... —suspira. Una lágrima se derrama por la mejilla arrugada—. Tu madre esperaba tanto de ti... no debes defraudar su sagrada memoria, ni menoscabar tus nobles apellidos destinados a la gloria...

Hada Dulce no parece hacerle caso: concentrada en algo que ha recordado de improviso, hace girar en redondo la silla, da un impulso a las ruedas y vuelve a entrar en la casa. Draya se sorprende:

—¿Dónde vas?

Pero ella no le contesta. Atraviesa el recibidor, los amplios vestíbulos de suelos ajedrezados, la sala de banquetes hasta llegar al rellano de la escalera que baja a las cocinas, donde detiene las ruedas en seco. Desde allí alcanza a ver al muchacho rubio abajo, picoteando migas de tarta y pasteles y bebiendo restos de las copas. Alza la voz y sentencia:

—Un día regresaré, poderosa...

Laureano la mira, sorprendido ante la brusca transformación, pero indiferente a sus palabras. Eleva la copa de bohemia en un brindis, se la lleva a la boca y bebe un resto de licor ambarino. Sus labios se tiñen de carmín, pero él no lo percibe. Después arroja la copa al suelo donde se estrella haciéndose añicos.

—Ese día —continúa amenazándolo Hada Dulce— acabaré contigo.

El muchacho la mira fijamente a los ojos y le sonríe con malicia:

—Sé dónde está escondido lo tuyo... —canturrea, y apunta con el índice a su bragueta.

Indignada, mordiéndose los labios de impotencia, da media vuelta a la silla y regresa a empellones a la puerta de entrada, en el mismo instante en que llega el coche tirado por dos corceles de terciopelo negro. Draya se recupera del susto al verla reaparecer, se inclina y la besa en la frente mientras le reitera sus recomendaciones. De inmediato, Elisa y Águeda la suben al coche en volandas, también la silla que meten en el maletero junto con los baúles de ropa. Hada Dulce saluda desde el otro lado del cristal agitando una mano blanca y delicada. El cochero fustiga los caballos y se pone en marcha, la gobernanta llora abiertamente lágrimas de pena y felicidad. Del interior de su moño abultado sale una falena gris revoloteando. Arriba, en el tejado, otras enormes e igualmente oscuras se arremolinan, alzan el vuelo nupcial y oscurecen aún más el cielo, descienden sobre el coche, que se aleja por la avenida de plátanos orientales, y lo cubren formando un manto espeso que lo convierte en un velludo animal pardo en el momento en que atraviesa las altas cancelas de hierro y desaparece tragado por el mundo exterior.

La casa, libre de mariposas nocturnas, da la impresión de haber recobrado la paz y serenidad de antaño, en vida de Alba Licornia y el señor.

Belinda lloriquea, compungida ante los frascos donde se marchitan los últimos ejemplares. En las paredes de la cocina colgó sus cuadros, y cuando algún rayo de sol extraviado rebota en el fondo de alguna cacerola colgada y les da de lleno, cambian de color, las figuras cobran sentido y parecen moverse.

Draya le pide a Elisa que le corte el pelo para evitar posibles nuevos nidos, diciéndole que jamás se está segura con los insectos, que no quiere que vuelva a ocurrirle algo semejante si las polillas decidieran regresar. Elisa coge las tijeras y le atusa el pelo muy corto, a trasquilones, mientras intenta hacerle comprender que las mariposas se generaron espontáneamente, según afirma un libro muy interesante del doctor Jan Baptista van Helmont, y que fue suficiente que hubieran quedado algunos granos de cebada bajo unos trapos expuestos a la humedad del rocío de mayo, para que estas se generasen y crecieran en un par de semanas, pero la gobernanta reniega de la sabiduría de Elisa y se aferra al *Nuevo Testamento* e insiste en que son una de las siete plagas descritas en las revelaciones de San Juan. Octavia, que a pesar de estar atareada en sus propios asuntos no pierde hilo de cuanta teoría esgrime Elisa, le reprocha que no son más que extravagancias, las sinrazones típicas de los libros.

Bajo las manos hábiles que la atusan y la voz arrulladora de Elisa, que no deja de exponer teorías científicas e hipótesis estrafalarias basadas en sus propias conclusiones, la vieja se adormece. Acaso sueña con el futuro prometedor de Hada Dulce, con tener la casa llena de ingeniosos muñecos haciendo monerías. Sobre su regazo también duerme la fusta oscura, ahora casi inofensiva, que únicamente utiliza como un símbolo, convencida de que infunde respeto, el poco que fingen tenerle desde que envejeció.

Las sirvientas preparan la colada: hacen hervir el agua en las tinas, vierten lejías y meten en bolsitas de paño las pastillas de azul para blanquear, disuelven los jabones, vierten el almidón en los barreños, calientan las brasas y pulen con arena fina la base ennegrecida de las planchas. Hablan bajo para no despertar a la gobernanta, reprimen la risa, pues Elisa la ha dejado prácticamente calva, como la cabeza de *biscuit* de una muñeca, comentan la partida de Hada Dulce, conjeturan y no dejan de temer un posible regreso anticipado a causa de la ineptitud de la niña o porque se descubra el fraude de su sexo.

Draya respira haciendo un ruido intenso, una especie de preámbulo al ronquido: gorgoritos de sumidero atascado con restos de comida y huesos.

En los jardines, Laureano juega arrojando al sesgo piedras planas al estanque de aguas putrefactas y cada golpe arranca tornasoles circulares en la superficie. El espejo turbio fragmenta el cielo gris en astillas que reflejan la silueta confusa y ondulante del ángel de mármol negro decapitado.

La gobernanta ronca con tal fuerza, que las ondas sonoras hacen vibrar la cristalería más fina confinada en las vitrinas. Las criadas le sacan la lengua, e incluso no falta una que se atreva a acercársele y hacerle carantoñas a pocos centímetros de sus ojos cerrados en cuyas comisuras comienzan a acumularse mucosidades amarillentas.

El muchacho, que lleva en bandolera el cornetín de lata, investiga el fondo denso del estanque con una vara larga, y extrae madejas de líquenes, limo, pájaros muertos, y sapos azules hinchados como globos a punto de estallar.

La gobernanta se atora con una flema espesa, abre los ojos desmesuradamente y se pone roja como un tomate. Se incorpora y la fusta cae al suelo. Quiere gritar, pedir auxilio, pero su voz se niega a salir porque la flema le obtura la glotis. Las sirvientas no advierten que se está ahogando: concentradas como están en las tareas, o tal vez porque el vapor que envuelve el ámbito les impide ver con nitidez. Draya se pone en pie y, tambaleándose como una beoda, avanza unos pasos, con las manos ceñidas a la garganta, amoratada y con los ojos fuera de las órbitas.

Octavia la ve de pronto, deja caer el paño embebido en líquido para bruñir metales.

—¡Se está ahogando!

Se arremolinan en torno a la anciana, vuelven a sentarla en la silla, intentan mantenerle la boca abierta y le dan palmadas y puñetazos en la espalda, pero ella se pone de un color violeta cada vez más oscuro. Hace un esfuerzo supremo, sobrehumano y logra balbucear muy débilmente:

—¡Cuidad de Hada Dulce...!

—¿Qué dice?

Con un hilo de voz entrecortado suplica:

—Cuidadla que es mi nieta... y casadla con el niño rubio...

—¡Delira, la muy zorrona! —dice Octavia, sin molestarse en bajar la voz.

Quieren darle agua, pero la garganta se le ha sellado y únicamente sale de ella un pitido agudo a través de un minúsculo orificio, y luego espumarajos verdosos y rosados que le caen sobre el pecho. Pone los ojos en blanco y se desploma ante la mirada atónita de las criadas. El característico olor de la muerte hace presencia: al principio es un tufillo casi imperceptible y algo dulzón, pero pronto se intensifica e inunda las cocinas convertido en una peste nauseabunda que escapa a raudales por las ventanas y sale al jardín donde se propaga como una niebla.

El muchacho deja de arrojar piedras al estanque, olfatea el aire y sonríe. Con cardos secos forma un enorme ramo mortuorio, frágil, quebradizo; saca de un bolsillo cerillas y lo enciende como a una tea. Con ella en alto, dejando tras de sí una columna de humo oscuro y denso, corre en círculos alrededor de la casa tocando la trompetilla de lata.

—¡Las oigo! —reacciona inesperadamente Draya, cuando todas creían que había entregado su alma al averno. Se incorpora y, con el rostro desencajado en una mueca de espanto y pálido como la cera, agrega—: ¡Son las trompetas del Apocalipsis... es Asrael, el ángel negro que llama a los muertos en el día del Juicio Final! —enmudece y muere.

Las criadas tardan en reaccionar, se miran unas a otras confundidas, buscando en los ojos ajenos la respuesta.

—Ha muerto —murmura Octavia, radiante de felicidad.

Comienzan a reír tímidamente, pero no tardan en liberar carcajadas incontenibles, histéricas. Saltan de alegría, corren de un lado a otro, dan voces y por primera vez se atreven a pensar en voz alta soltando todo aquello que se rebullía encadenado en sus mentes. La casa se transforma en una feria de maldiciones donde cada una compite por los insultos, procacidades y blasfemias más osados. Todos los ámbitos son caja de resonancia para doblar el eco de la furia, del dolor contenido, que ahora estalla en feroz algarabía. Arrebatan el llavero de la cintura del cadáver y se reparten las llaves como un botín de guerra. Vuelan a los altos de la casa, suben en tropel las escaleras, violentan las puertas de las habitaciones clausuradas de Alba Licornia, rompen candados, destrozan armarios, barreños, arcones y cómodas. Águeda pone un disco en el gramófono y bailan una polca vienesa dando saltos; saquean los roperos y vestidores, se embuten a duras penas los ricos ropajes de Alba Licornia, que se rasgan por todas partes, y también se ponen los de la señora Iris, que les parecen hechos a su medida; y se calzan sus zapatos de tacón fino y pulsera, sus sombreros de plumas, sus capas de terciopelo, sus manguitos y estolas de piel de astracán, los marabúes de plumas de faisán y cacatúa usados en sus espectáculos teatrales; se ponen los guantes de media manga, las pulseras, esclavas, sortijas, pendientes, broches, gargantillas y collares. Vestidas como reinas bajan a las bodegas de las que escogen los mejores vinos, los más añejos, para festejar el óbito de la gobernanta. Ebrias hasta el vértigo y la náusea, se disputan el reino con insultos, bofetones, arañazos y tirones de pelo, hasta que irrumpe Laureano, sobresaltado por la algarabía, y pone orden. Pronto imparte roles y jerarquías y designa a una nueva gobernanta:

—Serás tú —señala a Belinda. Y no duda en reclamar las llaves dispersas y ceñirlas a la cintura de la criada gorda, rubicunda, cuyas mejillas se arrebolan por el alcohol y la dicha de su flamante categoría.

—Vendré en unos momentos con la nueva señora —sentencia el muchacho—. Preparaos para servirla en todo.

Les cuesta mantener el equilibrio y por sus cabezas desfilan conjeturas que no llegan a cuajar en pensamientos certeros. Dudan si sueñan o están lúcidas, o inmersas en las alucinaciones provocadas por la borrachera. Y ante esta duda imaginan que es un sueño conjunto, soñado entre todas. Guiadas por la nueva gobernanta, llevando cada una botellas de vinos y licores, suben en tropel hacia los desvanes, detrás del muchacho, portando palmatorias y candelabros. Se retrasan y se pierden, bien porque la geografía les es desconocida, o porque confunden los puntos cardinales que en la cúspide del tejado señala la veleta. Tras mucho deambular topan con una buhardilla de la que surgen ruidos. Se detienen en seco. La flamante gobernanta duda con el manojo de llaves en la mano y mira a sus compañeras buscando apoyo.

—Abre —sugiere Elisa, quizás la más borracha de todas.

Y las demás la secundan hasta que Belinda introduce la llave y la gira cuatro vueltas al poniente. No se atreven a entrar, y lo hace Josefa, la más fea, la que se asusta poco pues ha padecido mucho.

Da un grito. Las otras se amedrentan en el umbral.

—¡Es él! —la oyen decir con un hilo de voz—. Asrael, el bodeguero. El hijo de la gobernanta.

—¿No se había marchado hace años? —pregunta Belinda con una extrañeza conmovedora.

Al entrar exhalan un grito de sorpresa. No dan crédito a sus ojos ante el espantajo desnudo, famélico y mugriento. De inmediato fijan los ojos en la entrepierna del hombre.

Y es cuando el alcohol se revuelve y actúa en sus venas.

—*Eso* es de Hada Dulce —reclama Octavia señalando el colgajo flácido y blanquecino.

—*Eso* salió del vientre de la señora —asegura otra—, lo reconozco.

Y sueñan todas juntas que se abalanzan sobre el hombre, lo hieren con sus uñas afiladas, lo golpean hasta derribarlo al suelo, le patean la cabeza y el pecho y lo golpean con los candelabros hasta matarlo... Octavia, la más osada, sueña que le arranca el pene con el borde cortante de la escudilla de la palmatoria y propone:

—Lo enterraremos en el jardín —y sale corriendo, llevando en alto el miembro macilento que apenas sangra.

Laura, ajena al saqueo, pálida, delgada y ojerosa, recién liberada de su encierro, observa, junto a su hijo rubio, la escena desde la terraza, y el extraño ritual le recuerda al falso entierro que protagonizaron hace años. Comprende que ella está destinada a ser la nueva señora de la casa, que el sagrado momento de la justicia se ha hecho realidad.

Una vez que los efectos del alcohol se desvanecen, Laureano, que destinó a su madre a las habitaciones que fueron de la señora Iris y le obligó a acostarse para que se recupere de la debilidad, baja y asigna tareas y roles, y les hace prometer bajo solemne juramento que permanecerán unidos y no divulgarán jamás lo acontecido bajo esos techos. Octavia y Belinda sufren un profundo arrepentimiento de haber profanado la sagrada memoria de Alba Licornia, y deciden rescatar lo que queda de sus trajes y joyas, devolverlo todo a los baúles, clausurar sus habitaciones para siempre con candados, y arrojar las llaves al fondo cenagoso del estanque.

Después de dos días de agrias discusiones, llegan a un acuerdo: dar sepultura a madre e hijo juntos al pie de los muros, cerca del estercolero, para que los olores a podredumbre se confundan y alejen toda sospecha.

Cuarta estación
IMAGO

Laureano despierta sobresaltado, palpa a su lado la blandura y tibieza de un cuerpo que lo devuelve a la realidad. Mientras la muchacha duerme con un gesto de satisfacción en los labios, a pesar de los primeros rayos de sol oblicuos que penetran en el miserable cuarto y le dan en pleno rostro, Laureano se viste y abandona la casa de la misma forma furtiva en que entró: por una ventana.

De regreso, siente el sabor acre de la pesadilla que desplaza o encubre ese otro sabor no menos acre que produce en un hombre el amor satisfecho, la resolución del coito salvaje y el inevitable sinsabor del deseo hecho carne. Las huellas del cuerpo que sostuvo en sus brazos y hasta el fuerte olor a hembra que lo impregna, se deshacen bajo la solidez de las imágenes que se le presentaron en el sueño: una estrella de sangre que se precipitaba a tierra con la consistencia de un rubí encendido; se abría en dos, y de sus entrañas salía un enorme murciélago cuyo pelaje era de hilos de acero, su cabeza monstruosa ceñía una diadema de hierro oxidado con ojos de cristal multicolores engarzados. Erguida ante él, la criatura bramaba, abría las alas enormes y lo cobijaba en su seno envolviéndolo en sutiles membranas rosadas. Pero el pecho del monstruo, frío como el hielo, se partía en dos dejando al descubierto dos hileras de afilados dientes que lo engullían al interior, donde complicados engranajes lo trituraban como a una nuez.

Sin poder apartar la angustia que le oprime el pecho, traspone la cancela y los jardines, entra por la cocina donde las sirvientas lo observan con gesto conminatorio o zalamero sin decirle palabra, y sube a su habitación. Se echa vestido sobre la cama donde procura recuperar el sueño, ahora acunado por la fragancia de un resto de vanidad que consigue rescatar de la reciente memoria, de la noche pasada en el pueblo vecino, del cuerpo que poseyó entre susurros y falsas promesas.

Octavia descubre los rescoldos apagados. Cuando revuelve en las cenizas no encuentra una sola ascua; extiende una mano abierta sobre el polvo gris sin apreciar el menor rastro de calor residual. Contrariada, intuye un mal presagio y enciende la leña con dificultad: las astillas se resisten a arder y el papel suelta una espesa humareda, como si estuviese mojado. A media mañana le confía lo ocurrido a Belinda y esta rememora, aunque guarda silencio, algo similar que pasó años atrás, el día en que el señor murió envenenado. Una mirada fugaz les basta para unirse en la complicidad ante el funesto augurio. El corazón se les contrae y enmudece los latidos porque no pueden apartar de la memoria —a pesar de los años transcurridos— el perfil blanco de la muerte insinuándose aquella madrugada en las volutas de humo.

Por la tarde la humedad es extremada y pegajosa: en pocos minutos el cielo, antes despejado y de un azul penetrante, se compacta con nubes grises de un tono similar al pelaje de las ratas. Del norte avanza a tropezones una tormenta henchida de relámpagos y rayos deslumbrantes, seguida de fragorosos truenos que arrancan jirones al aire perfumado de ozono. Cada vez que el cielo estalla, las cacerolas y sartenes colgadas de las paredes vibran ligeramente, y los murmullos del metal se esparcen en ondas malsanas que reptan por las paredes y acaban muriendo en sus poros y fisuras. Caen las primeras gotas: espaciadas, densas y contundentes como abalorios de cristal, y no tardan en arreciar y solidificarse hasta convertirse en escandalosa granizada.

Las sirvientas se ven obligadas a hablar a gritos para entenderse, tal es la ferocidad del hielo cuyas esferas esmeriladas chocan con los mosaicos de los patios, se parten en pedazos con estrépito, y se amontonan en los rincones formando una capa voluminosa de un blanco inmaculado.

—A lo peor la gobernanta tenía razón y esto es el fin del mundo —aventura Josefa—. Dicen que la electricidad atrae a las tormentas, y sobre todo a las centellas perdidas, que se meten por puertas y ventanas y derriten con su fuego todo lo que tocan a su paso; por eso, lo mejor es no moverse, estarse quieta como una estatua.

Elisa se refugia bajo una mesa, se sienta en el suelo abrazada a sus piernas, con la cara desencajada de espanto, con los ojos muy abiertos y fijos en las bolitas blancas que danzan al otro lado de la puerta abierta y que le recuerdan a la naftalina. Algunas rebotan en el suelo, se disparan como balazos y cruzan el umbral, ruedan por el suelo de la cocina y se detienen en las juntas de las baldosas. Águeda se apresura a recogerlas, se lleva una a la boca:

—¡Ah, qué frescura...! —Enseguida sustituye el gesto de alivio por otro de asco y la escupe—: ¡Está amargo como la hiel!

—Te lo dije —advierte Josefa, contagiada del pesimismo apocalíptico de la gobernanta—, que Draya tenía razón. Una vez me aseguró que el granizo amargo era una de las siete plagas que anuncian el fin del mundo.

Octavia le replica que no son más que supercherías, y se inclina mirando bajo la mesa:

—... No hay que tenerles miedo, tontorrona —se burla de Elisa—. Tú, que sabes tanto, ¿le temes al granizo...?, es inofensivo, boba —y le arroja puñados de esferas blancas. La mujer se escuda con las manos como de la peste y argumenta que con el magnetismo y la electricidad no se juega, que son asuntos muy serios, y que los fenómenos naturales combinados con la acción del hombre resultan arriesgados cuando no nefastos.

En ese instante el granizo deja de caer de golpe produciendo un silencio desmedido que engulle la mañana. Se engarza en el cielo una astilla de zafiro por la que se filtran rayos de sol que inundan las cocinas de tornasoles y esparcen polvos dorados en el aire. Elisa abandona su refugio, todavía recelosa a pesar de que un rayo de sol le da en los ojos y la enceguece. En ese momento, la campanilla de la puerta de calle emite un tañido afónico a causa de la falta de uso, y fractura el silencio con la gravedad de una premonición. Octavia y Belinda cruzan miradas de inquietud, inmersas ahora en un silencio más compacto, aplastante.

—Voy yo —reacciona Josefa adelantándose a las otras. Rebusca en el interior de una cesta junto a la lumbre, encuentra las botas negras de goma, se las calza y sale corriendo por la avenida haciendo equilibrio sobre el tapiz de granizo, produciendo crujidos bajo sus pies, como si aplastara caparazones de cangrejos.

—¿Quién será? —se preguntan todas a la vez.

Elisa va hacia la ventana y se asoma tímidamente para cerciorarse del fin de la tormenta, mira al cielo en ambas direcciones, luego hacia la avenida:

—Se va a matar —comenta al ver a Josefa avanzar con aplomo de funambulista sobre el manto de esferas.

Perturbadas por la repentina e inusual presencia de algún desconocido, muertas de curiosidad, vestidas como van con harapos mugrientos de los que fueron en su día opulentos trajes de fiesta de la señora Iris, con gestos de instintiva e inútil coquetería, se ciñen las faldas a la cintura, se bajan las mangas, se abotonan el cuello y se atusan las greñas mirándose en el fondo de las cacerolas colgadas.

—¡Un telegrama! —entra al cabo de unos minutos Josefa, con las mejillas arreboladas por la fatiga y la ansiedad, agitando un papel blanco ribeteado de azul.

Las criadas se aturden, se arremolinan como moscas en la miel y la acosan a preguntas:

—¿Qué dice?

—No sé... —y se encoge de hombros.

—¡A trabajar, curiosas! —decreta Belinda. Le arrebata el telegrama de un manotazo y se lo pasa a Elisa, que regresa de la ventana más sosegada al comprobar que el zafiro partió en dos el cielo con un tajo que se extiende visiblemente hacia el horizonte y promete un día soleado. Coge el papel en sus manos y lee sin mover los labios. Una repentina atadura de angustia le ciñe la garganta y la hace palidecer. Sentimiento que no escapa a la sagacidad de Octavia, quien lanza a Belinda una mirada cómplice, cargada de aflicción. A su alrededor las sirvientas se restriegan las manos y se muerden los labios de puro nerviosismo. Por fin, con la voz rota, Elisa anuncia:

—Regresa Hada Dulce.

Un murmullo de desolación cuaja en la estancia como el anuncio de una condena al cadalso.

—Tendré que llenar la casa de flores —dice Josefa, sin reprimir una alegría candorosa, alegría que no demora en ser apabullada por agudas miradas de censura.

—¿La perra? —pregunta Marisa con un marcado gesto que tiene más de repugnancia que de incredulidad.

—¡Esas no son maneras, Marisa! —la regaña Belinda, sobrepuesta de la noticia y tomándose al pie de la letra su función de gobernanta. Las mira una a una por encima de las gafas que Draya usaba para coser, procurando descifrar sus reacciones. Adquiere un aire grave—: No olvidéis que se fue como hombre, y seguramente como hombre regresará. Se acabó eso de llamarle Hada Dulce. A partir de ahora será «el Señorito».

Alertada por el bullicio aparece Laura en lo alto de las escaleras, engalanada, esplendorosa con los vestidos y joyas que expolió con la ayuda de su hijo cuando recuperó las llaves del fondo del estanque, de las habitaciones de Alba Licornia, y está ansiosa de conocer los motivos de tanta algarabía. Octavia siente el fragor de la ira subiéndole desde el pecho a los ojos, y una vez instalada en sus pupilas se acentúa con lenguas de fuego cuando descubre que los cerrojos de las habitaciones de Alba Licornia han sido violados y saqueadas sus joyas; pero refrena sus impulsos: Laureano, doblegado a los caprichos y delirios de grandeza de su madre, podría echarla a la calle. Mira a Belinda de soslayo y confirma que la pobre tampoco da crédito a sus ojos, y que está a punto de dejar escapar un grito ante tamaño ultraje. Con un gesto mudo, Octavia le impone sosiego.

—Regresa Hada Dulce... el Señorito —le informa Elisa, fascinada ante la visión de Laura que desciende las escaleras rodeada de un halo de destellos de pedrería y envuelta en rumores de puntillas y encajes. Su visión no puede ir más allá de un espejismo de la difunta señora Iris en sus mejores épocas; pues no llegó a conocer en vida a Alba Licornia.

Laura palidece ante la nueva, y en su semblante se dibuja una máscara de pesadumbre y miedo. Permanece a mitad de la escalera, aturullada, invadida por un fuerte mareo repentino que la obliga a asirse a la baranda con fuerza.

—¿Cuándo llegará? —pregunta Marisa, procurando disimular un profundo disgusto, sin hacerse eco de la lividez de Laura, que está a punto de precipitarse al vacío, pero visiblemente ansiosa, acaso cavilando en lo mucho que habrá de trabajar para saciar el desmedido apetito de Hada Dulce.

—¿Vendrá pronto la perr... «el Señorito»? —interviene Josefa, con una ilusión infantil pintada en la cara, ilusión que parece haber desplazado su indignación anterior.

Octavia le propina un codazo en los riñones.

—Dentro de tres días estará aquí —sentencia Elisa, y le extiende el telegrama a Laura, todavía en insuperable estado de trance, que se apresura a doblarlo y guardárselo en un bolsillo, a la par que procura mantenerse incólume y vuelve la cara de lado dejando vagar sus ojos en la rugosidad del muro, como si en su textura pudiera hallar un saliente al que asir el desconsuelo—. ¡A limpiar! —ordena a continuación con gallardía inusitada, fingiendo aplomo—. Habrá que dejar la casa reluciente: ¡quiero que encuentre todo como lo dejó al marcharse...!, la plata, la cristalería... —se le pierde la voz, se le diluye en una especie de maullido inaudible; le cuesta respirar y está a punto de ser traicionada por el llanto, que puja desde su corazón por salir fuera.

—Esta es peor que Draya —murmura Octavia—. El mando se le subió a la sesera.

Laura alza la cabeza, tiene las mandíbulas fuertemente apretadas para contener la indignación, y se encamina de regreso a las habitaciones con una dignidad marchita que se esfuerza en mantener a la altura de las circunstancias, pero las piernas le flaquean y su figura es la de una diosa desvencijada que sube a un Olimpo ajeno arrastrando el oprobio entre los pliegues suntuosos del tafetán robado. Allí en lo alto se detiene y recobra parte del aliento cuando oye a sus espaldas.

—¡Poned especial esmero con las arañas de caireles, encerad los muebles y los suelos, los cristales de las ventanas quiero verlos diáfanos como la luz, y verme reflejada en el fondo de las cacerolas como en un espejo! —es la voz de Belinda—. ¡Batid los colchones y las mantas, cambiad las camas, lavad los cortinajes, quitad las telarañas de los techos...! —corre de un lado a otro sin ton ni son—: ¡Abrid todas las habitaciones para ventilarlas: que se llene la casa de frescor y aires nuevos!

Pierden el control, la ansiedad las vuelve más torpes que de costumbre y quieren hacerlo todo a la vez: cogen escobas, recogedores y plumeros, ceras y trapos, quitamanchas y lustrametales, abrillantadores, esponjas, lejías, gamuzas, estropajos de acero, cubos y fregonas. Con un entusiasmo propio de una colegiala a la que están a punto de condecorar, Josefa sube a los desvanes en busca de trapos viejos, alambres y otros materiales para hacer flores con las que alegrar la casa.

—También quiero veros limpias, impecables, vestidas como Dios manda —se oye la voz de Laura, que desde los corredores que conducen a las habitaciones nobles donde se aloja con su hijo, decide demostrar su jerarquía. Y mientras avanza arrastrando los pies sobre las mullidas alfombras, buscando la forma de resolver el inesperado infortunio, con una mano aferra el broche de oro repujado que lleva sobre el corazón, en el que se entrelazan una «A» y una «L» sobre un fondo de turquesas, hasta herirse los dedos con las sutiles iniciales.

Una vez a solas en el comedor, sentadas a la extensa mesa en la que desplegaron la cubertería y los candelabros de plata, Octavia se despacha a gusto con Belinda mientras empapan los trapos en un líquido oscuro y se disponen a bruñirlos:

—Está claro que los seres humanos somos viles por naturaleza. Cuando llegó daba lástima, con aquella cara de sufrida que parecía incapaz de matar una mosca. Mírala ahora, cubierta de oro se cree una reina. Era callada y sumisa, y se ha vuelto una fiera salvaje capaz de destrozar con sus colmillos a la primera de nosotras que se interponga en sus planes. Pero por más que se engalane, se pinte como una bataclana, o cubra de joyas como una señora, siempre será una sirvienta, porque por sus venas corre la misma sangre que la nuestra, la que heredamos de nuestros padres... Pero se le bajarán pronto los humos cuando llegue Hada Dulce y tome el mando.

—¡Ah, si la señorita Alba Licornia levantara la cabeza de su eterno descanso...! —suspira Belinda, sin dejar de sacar brillo a una cuchara cuyo mango lleva estampado en oro el blasón.

—¡Dios no lo permita, Belinda!

Laura entra en la habitación como una tromba, en equilibrio sobre los zapatos de tacones a cuya altura parece no acostumbrarse nunca a pesar de coincidir con su talla. Su hijo, en ese instante corrobora ante un espejo su gallardía y empaquetamiento, embutido en las ropas que fueron del señor, y cuya única actividad durante todos estos años ha sido la haraganería, ¡una vida regalada y calavera en la que materializó, con sus fechorías amorosas, cada una de las estampas del álbum con cuanta muchacha de los pueblos cercanos se le puso a tiro y quedó atrapada en los sutiles hilos de sus artes seductoras, al verla entrar con el semblante demudado y dando tumbos, se sobresalta.

—¡Regresa la perra de la academia! Ha terminado sus estudios —Laura se deja caer en la *chaiselongue*, se quita los zapatos uno con otro, se abre el cuello de la blusa, y exhibe el telegrama desplegado ante los ojos de Laureano que, aunque no entiende esos signos por haberse negado a aprender a leer y escribir a pesar de la buena disposición de Elisa, murmura entre dientes, resignado, dejándose caer él también en una butaca próxima:

—Me lo temía.

Laura se desconcierta. Él se apresura a explicarle, mientras se acomoda la entrepierna del ceñido pantalón:

—Tuve un sueño... como un presagio, y al despertarme tuve la corazonada de que ella volvería pronto.

—¿Qué haremos ahora, hijo? ¿Volver a las cocinas, a la bodega, a los sótanos... a ocupar de nuevo el sitio de la servidumbre? —palpa la gargantilla de diminutas esmeraldas que le ciñe el cuello; se le descompone el semblante bajo la espesa capa de polvos de arroz y maquillaje, lloriquea con la cabeza entre las manos enguantadas de satén.

El muchacho cavila, quiere encontrar una respuesta para enfrentar semejante golpe:

—¿Tendré que renunciar a esta vida? —extiende los brazos señalando a su alrededor las riquezas y oropeles—. Tiene que haber una forma de evitarlo...

Ella no deja de lloriquear y le hace un ligero movimiento afirmativo con la cabeza:

—Mucho me temo que sí, hijo —balbucea—. Cuando robé aquel diente de oro del féretro donde pusimos a la señora, tuve la intención de asegurar tu futuro, pensé que sería una gran fortuna que nos permitiría dejar esta casa... ya sé que no fue así, que un diente de oro no vale tanto, pero, ilusa de mí, creí que nos libraría de esta esclavitud... —cambia su tono amargo por otro de reproche—. De todas formas, a ti te faltó tiempo para gastarlo en correrías... —Se sobrepone al reproche y se enjuga las lágrimas con el pañuelo de batista bordado, el que fue de Alba Licornia, después de la señora Iris y posteriormente de la gobernanta. Se queda en silencio, cavilando en la inminente pérdida de su rango, que se cierne sobre su rico atuendo como un buitre. Reacciona de pronto con entusiasmo—: ¡No hará falta! Te instalaré en una de las buhardillas, en la mejor, en una que mandaré acondicionar, donde ella jamás podrá subir con la silla de ruedas. Pero le haremos creer que sigues en los sótanos. Tampoco podrá bajar nunca a comprobarlo...

—Prometió que me mataría.

—¿Acaso le temes, hijo? —Laura se conmueve y enternece. Guarda silencio. Por sus pupilas pasa fugazmente una nube opaca que empaña el brillo—. Le diremos que te has marchado. Sí, será mejor mentirle. Deberás mantenerte callado, procurar no hacer ruidos para que no te descubra. Las demás nos apoyarán... lo hicieron en su día: cuando te di a luz... — se pone en pie descalza y va de un lado a otro, acosada como una fiera cautiva; recapacita—. Tal vez te perdone... si le dijeses dónde tienes escondido...

—¡Eso, nunca! —reacciona con violencia Laureano.

Laura se siente desolada. Se acerca a la butaca, lo abraza, le acaricia el pelo rubio e intenta convencerlo sin resultados. Él se desprende de los brazos de su madre, se pone de pie y se dirige a un armario del que extrae un frasco de vidrio, que deja sobre un velador.

—¿Es eso? —Laura hace un gesto de repugnancia y aparta los ojos del frasco— . ¿Es este el motivo de tanto odio...? —Turbada por la visión del despojo, intenta hilvanar recuerdos que van y vienen, fragmentos desordenados que no encajan entre sí—. No lo entiendo. Ese colgajo inmundo no sirve para nada. Supongo que será aquel pedazo de carne que salió del vientre de la señora pocos días antes del parto...

—Sí, Draya lo guardó como un amuleto, pero Hada Dulce no lo sabe: siempre lo creyó en mi poder —sonríe—. Se lo robé a la gobernanta poco antes de su muerte, lo sustituí por un trozo de tripa de cerdo para que no lo echara en falta —coge el frasco entre las manos, lo eleva en alto y lo contempla al trasluz—. Esta es la verga auténtica de Asrael, la que la muy puta de su madre le seccionó; fue Asrael quien me lo contó todo.

—No entiendo, hijo —vuelve a dejarse caer en la *chaiselongue*, agitada, cada vez más confusa—. Pero si Octavia se lo cortó el día de la borrachera, y tú y yo vimos desde la ventana cómo lo enterraron en el jardín, junto al estanque, y le pusieron una piedra enorme encima para que los perros no removieran la tierra y lo hallaran... si es un guiñapo pestilente y sin vida, reblandecido por el líquido... —reitera el gesto de asco.

—Shhh... —se acerca a su madre y le sella los labios con el índice—. Aquella era la verga de Hada Dulce, esta —señala el frasco con el índice— es la del bodeguero. Pero Hada Dulce ni siquiera lo sospecha.

—Hay muchos misterios en esta casa —murmura Laura, sin dar demasiada importancia a tales precisiones. Y, decidida, va hacia un armario y saca de él una pequeña cajita de madera de sándalo, y de dentro un envoltorio fino, de papel de arroz—. Esto estaba entre las cosas de Draya —y abre el envoltorio entre cuyos pliegues aparece un manojo de tirabuzones retintos atado junto a otro de rizos rubios.

—Bucles de Hada Dulce y míos —reconoce Laureano. Sonríe, coge los haces de cabellos, los observa con cierto aire de desdén y vuelve a dejarlos en el estuche—. La gobernanta lo guardaba todo: igual que una urraca, juntaba cosas viejas, recuerdos para tapar los huecos de su memoria destartalada por la vejez. En su cuarto encontré cajas repletas de tonterías que nos fue robando a unos y a otros a lo largo de su vida con la intención de testimoniar todo cuanto ocurrió en esta casa. Puso mis mechones junto a los de Hada Dulce como un conjuro que asegurase la unión que deseó toda su vida. Me los cortó al día siguiente de haber descubierto mi existencia en las leñeras...

—Antes de morir expresó su voluntad; fue como querer asirse a un clavo ardiente con la idea fija de evitar la extinción de su propia sangre y la de los señores... —Laura rompe a reír—, pero yo sé que tu sangre y la mía fue sembrada, sé que las muchachas de los pueblos vecinos sucumben ante tus encantos y caen rendidas entre tus brazos. Eres el vivo retrato de tu pa... —se detiene en seco. Continúa, pero ahora con un deje de reproche—: Amas a todas y a ninguna; libas de una flor, y cuando has acabado hasta la última gota de néctar, la abandonas por otra más hermosa y jugosa... Todos sois iguales —pone en las palabras un marcado resentimiento, vuelve a buscar algo en el armario, arroja sobre la mesilla el álbum de estampas—. ¿Y esto? —Lo abre al azar, pasa las láminas con premura, sin detenerse en las ilustraciones, en los cuerpos desnudos que emulan las pasiones humanas con prístina crudeza. Obviamente, tampoco repara en la dedicatoria de la primera página, pues desconoce los alambiques de la caligrafía y los significados versátiles que forman las letras cuando se unen unas a otras.

—Lo encontré en los desvanes... Me fue muy instructivo —explica el joven mientras vuelve las hojas con júbilo y pasea con sensualidad la punta de la lengua por el reverso de los dientes superiores. Lo cierra de golpe y fanfarronea—: Pero ya no me interesa, puedes tirarlo al estanque o arrojarlo a las brasas... Las muchachas de carne y hueso son más apetecibles que estos dibujos, y caen rendidas en mis brazos...

—Todos sois iguales: unos vanidosos. En la cabeza de un hombre solo hay negras intenciones, agravio y desprecio. Gracias a Dios, sois transparentes y no tenéis secretos: vemos dentro de vuestros retorcidos cerebros; vosotros, en cambio, nunca podréis saber qué ocurre en la mente de una mujer, ni siquiera cuando estáis encima de nosotras retozando, cuando os hacemos creer que nuestro cuerpo y alma os pertenecen, muy por el contrario, somos nosotras quienes os poseemos de verdad sin decir palabra, sin vanagloriarnos de nuestro poder. Los hombres llevaréis al mundo a la perdición con vuestra soberbia, con vuestras ínfulas de inefable virilidad, de amos del mundo y redentores... No se equivocaba Draya... —sentencia, mientras guarda distraídamente el álbum en uno de los cajones de la cómoda.

Las sirvientas, incluida Laura, recuperan de los baúles los antiguos uniformes grises; los lavan para quitarles el olor a naftalina, los adecentan con zurcidos y remiendos, y los planchan con almidón de maíz hasta dejarlos rígidos como si fueran de cartón. Una tras otra se introducen en la bañera del cuarto de baño de la señora Iris, y una vez aseadas se pintan discretamente las mejillas con colorete y los labios con carmín; se peinan unas a otras las crenchas hirsutas recogiéndolas en moños tirantes a la nuca, como les enseñó la vieja gobernanta; vuelven a plantarse las cofias agujereadas por las polillas, y los delantales blancos percudidos de lamparones inextirpables. Con esparto remiendan a duras penas las chanclas. Laura, que decidió arrebatarle la función de gobernanta a Belinda argumentando que era demasiado vieja, les deja el último frasco de agua de Colonia para que se perfumen antes de la llegada del señorito, y pasa revista señalando algún u otro defecto o desaliño:

—Águeda, ese botón... Marisa, las uñas, repásalas... Belinda, esos pelos sobre los ojos... Josefa, las enaguas... ¡Y quítate esa flor de los pelos!

Los ojos de Josefa acusan el desaliento: no halló apenas con qué hacer flores artificiales, y tuvo que improvisarlas con cardos y ramas secas, teñidos con agua de remolacha, luego formó grandes ramos y los distribuyó en búcaros por todas las habitaciones. Belinda desempolvó y limpió la pátina de grasa acumulada en el cristal de sus cuadros, y por la noche, mientras las demás dormían, los colgó en el recibidor con la pretensión de halagar el buen gusto de Hada Dulce. Esa mañana, Marisa mandó matar pollos, conejos y un pavo enorme y gordo, para preparar suculentos y exquisitos platos con que agasajarla. En la bodega encontró botellas de vino espumoso todavía intactas, algunas de licores afrutados y también de champaña, de las que trajo el señor de Europa en uno de sus viajes.

En la entrada principal, al pie de las escalinatas, bajo un cielo de vidrio transparente, las criadas se colocan en fila igual que lo hicieron el día de la partida de Hada Dulce, y también aquella mañana lejana en que regresó el señor con su flamante consorte extranjera. Tienen marcadas ojeras, aunque disimuladas bajo densas capas de polvos de arroz, y el cuerpo destrozado de tanto trajinar para dejarlo todo a punto. La resolana de la siesta las hace transpirar bajo los uniformes, que crujen y están a punto de quebrarse con cada movimiento. El colorete y el rímel robados se les escurren por las mejillas y forman churretes oscuros, que procuran enjugar con el ruedo de los delantales.

—¡Recordad lo que acordamos! —alza la voz Laura tratando de imponer toda la autoridad posible—: Laureano se marchó hace años a la ciudad y no hemos vuelto a saber de él. Si alguna de vosotras abre la boca, correrá la misma suerte que yo, cuando la vieja gobernanta me encerró en el altillo —y agita la fusta ennegrecida y reseca por la falta de uso.

Asienten con un marcado movimiento de cabeza. Se muerden los labios salados de sudor, embadurnados con carmín aceitoso, obedecen las órdenes de Laura con las antiguas heridas renacidas ante la inminente llegada de Hada Dulce, y ahora, esos estigmas florecen con la savia de una angustia que habían creído relegada a la bruma de las pesadillas, y que las hermana en estos momentos de inquietud, como antaño lo hizo el miedo.

Después de una larga espera, en el momento en que el sopor de las digestiones comienza a hacer estragos en las buenas maneras y el recato, oyen un rumor lejano que avanza por la avenida de los plátanos orientales: un rumor que no es galope de caballos, sino zumbido ronco de plaga de langostas. Miran al cielo deseando que aparezcan los insectos, aunque lo devoren todo, ansiosas por confirmar el presente como un sueño, pero el sonido proviene claramente de la avenida principal, hace real e inminente la llegada de Hada Dulce, y reabre las brechas en el muro de espantos que ciñe el pasado.

—¿Volverán también las mariposas? —pregunta Belinda entusiasmada, y cubre con una mano la caverna de un bostezo oloroso a ajo.

—¡Silencio! —ordena Laura. Alza la fusta y la mantiene en alto, recortada contra el cielo cristalino—. Quiero veros a todas sonrientes, felices por el regreso del señorito —dulcifica el tono, que no por ello abandona el sarcasmo—. Fingid, desgraciadas. Fingid una vez más... siempre lo habéis hecho muy bien.

Ensayan un gesto de dicha que se convierte en una línea patética de pintalabios cuarteado, y oyen, cada vez más cerca, un barullo infernal de maquinarias. De pronto surge un grito, surge y se ve truncado por la obediencia, y enseguida, un ademán de acusada perplejidad: un coche de formas sinuosas y envolventes, una caracola renegrida y brillante como el charol de los botines de Draya, que ahora calza Laura, traspone con morosidad las pesadas cancelas de hierro y levanta a su paso leves nubes de polvo. Pero lo más extraño de esta visión, es que no va tirado por corceles, que parece moverse por sí mismo.

—Son automóviles —murmura Elisa, admirada y llena de dicha—. Vi una ilustración en un libro...

Detrás llegan otros, también negros, pero de formas más rectas y angulosas, no menos deslumbrantes y temibles, cargados con grandes cajones amarrados con cuerdas. El conjunto es una escuadra de escarabajos en estricta marcha, una escolopendra moviendo al unísono su centenar de patas. El convoy avanza, rodea el estanque y la estatua del ángel decapitado, y se detiene a la entrada, a escasos pasos de la escalinata principal. Los motores dejan de mugir, el polvo circundante se asienta y se produce un silencio espectral, apenas interrumpido por el canto débil de los pájaros refugiados en la vegetación raquítica.

Las sirvientas no pueden evitar el temblor de piernas, ni una mueca híbrida entre el desconcierto y el pánico. Sienten la humedad en las manos y las secan frotándolas con disimulo en las faldas del uniforme, sin dejar de mirar atónitas los brillos acharolados de las carrocerías.

Del coche principal, en cuyos cristales el reflejo nítido del cielo impide ver el interior, se abre una puerta como una valva y desciende un conductor uniformado: lleva gorra de plato lustrosa, guantes blancos impecables, botones dorados como soles en la chaqueta azul marino, y se encamina a la puerta trasera y la abre. Dentro, como un crustáceo ovillado sobre su abdomen negro, una figura humana bosteza, se despereza y estira los miembros como una flor carnívora abre sus pétalos letales.

No pueden evitar una exclamación de asombro cuando la figura abandona el nido de cuero burdeos capitoné y alza su porte magnífico. Dan un paso atrás, rompen la formación, y se llevan las manos a la boca para amordazar un grito de espanto, que a pesar de los dedos crispados que se le interponen, brota con sobrecogedora nitidez.

Bajo la solidez y el volumen falsos de las hombreras de estopa, tardan en reconocer la anatomía primitiva, la fragilidad enfermiza de Hada Dulce, que permanece junto al coche de pie, en estricta verticalidad y encubre su cuerpo verdadero con un traje negro azabache, una camisa blanca almidonada, un lazo gris perla que le ciñe el cuello y del que cuelga una pequeña y rara caja metálica, y las manos enfundadas en guantes amarillos. Lleva el pelo fijado con tragacanto de Persia, como una corteza de quitina, y unas antiparras con cristales ahumados impiden que los rayos del sol hieran sus retinas.

Inesperadamente, avanza unos pasos.

—Puede andar... —murmura Belinda, a punto de perder el conocimiento y desplomarse.

Ahogados por delgadas láminas de caucho hay ruidos de muelles que se tensan, y el golpe seco de la trabazón de las áncoras al final de cada paso que da Hada Dulce.

Laura se sobrepone al desconcierto y, temblando como una hoja, se adelanta para hacerle los honores. Pero su entereza se derrumba cuando sus ojos ven los zapatos: dos soberbios coturnos construidos con chapa de zinc, madera de castaño y baquelita, casi inadvertidos bajo las polainas de paño.

Hada Dulce aprovecha que una nube desganada cubre el sol y se quita las antiparras, enseguida, con parsimonia se despoja de los guantes amarillos que dejan al descubierto finos dedos de uñas pulidas y barnizadas. Un trazo negro de vello hirsuto le corona el labio superior, que tiembla con ese tic heredado de su abuela. Continúa sin dignarse a saludar ni siquiera a Laura, que permanece doblada ante él ahogando sollozos, paralizada en una incómoda pose de pleitesía. Hada Dulce se limita a recorrer con mirada distante la fila de sirvientas andrajosas y envejecidas, que se sostienen milagrosamente sobre las piernas temblonas.

—¿Y Draya? —pregunta de pronto, y eleva los ojos desconcertados hacia las ventanas superiores de la casa.

En su voz, ahora grave y estentórea, que no parece provenir de la garganta sino de esa cajita que trae sujeta al cuello, un murmullo de fondo delata el timbre de falsete de Hada Dulce.

Laura se endereza sin dejar de sollozar, e incapaz de mirarlo a la cara, con la cabeza gacha, le contesta:

—Murió hace años... Señorito... de vejez... nada más marcharse usted a...

Belinda interrumpe el diálogo, se adelanta y extrae de entre los pliegues del delantal el cuadro que realizó y que testimonia la muerte de Draya. Lo extiende ante Hada Dulce para corroborar las palabras de Laura. Pero esta lo aparta de un golpe. Belinda se repliega junto a sus compañeras y vuelve a ocultar el cuadro entre sus ropas; compungida, pierde la mirada en un punto inconcreto del suelo, junto a sus chanclas remendadas. Hada Dulce se adelanta y pasa revista a la fila de sirvientas, como lo hacía la antigua gobernanta, y ante los andrajos pintarrajeados que tiene delante, se le revuelve la bilis y el labio superior se le amedrenta con el tic descontrolado y deja ver unos dientes blanquísimos.

—¿Y el bastardo? —y los filtros de la cajita que modifican el sonido pueden ocultar el matiz de desprecio que se superpone a otro de indómita ansiedad.

—Ya no está... hace tiempo que se marchó a la ciudad —explica Laura, rojas las mejillas por el embuste que podría costarle caro. Hada Dulce no le responde, pero la contrariedad aparece en el barniz de sus ojos, y ante el sol que amenaza reaparecer por detrás de la nube ahora deshilachada, vuelve a ponerse las antiparras ahumadas, y se queda inmóvil, como un autómata cuya cuerda se hubiera agotado.

Elisa presiente el mayor infortunio jamás padecido desde que entró a servir, y por su mente vagan pálpitos de dolor, y la certeza de que días de tiniebla se ciernen sobre la casa y sus habitantes, pues la criatura que ve tiene el poderoso halo magnético de quienes han sido sometidos a reiteradas curas con mesmerismo y su naturaleza se halla alterada por un exceso de dosis.

Hada Dulce sube la escalinata de mármol como un oscuro insecto, como una cucaracha atontada. Se detiene en lo alto, vuelve la cabeza y ordena a la gobernanta que entren sus maletas y bolsos con sumo cuidado, y sobre todo, que pongan especial atención con los embalajes negros en los que se lee la palabra frágil en trazos bermellón, y se interna en el vestíbulo donde leves tonalidades provenientes de los losanges suavizan su figura y amortiguan su dureza. Deja de oírse el ruido del mecanismo de sus piernas, y únicamente viola la serenidad del aire el eco de sus pasos que se dirigen al corazón de la casa.

Aliviadas, las sirvientas dejan salir el llanto, suspiran y se abrazan, se palmean la espalda y se dicen frases de consuelo. Por fin distienden los músculos entumecidos, aunque todavía notan el palpitar de los tendones, y el bombeo desbocado del corazón.

Sin decir palabra, evitando mirarse unas a otras, embargadas por un pudor desconocido similar al pudor que provoca la proximidad de la muerte, se entregan en alma al trabajo de descargar el equipaje e introducirlo en la casa.

Águeda encuentra la silla de ruedas embalada con arpillera y cartones, y rompe el silencio:

—¿Para qué querrá esto?

Pero, no le contestan, ninguna se atreve a hacer conjeturas.

Clavado en el vano de la puerta de la buhardilla, Hada Dulce juguetea con la llave entre los dedos, la esgrime como un trofeo y se decide a hablar:

—He vuelto por ti, como te lo había prometido.

El muchacho, que hace instantes oyó extraños ruidos en las escaleras, se paraliza con el alma en vilo. Habituado a la penumbra, no puede desentrañar la figura tenebrosa que se troquela en el rectángulo luminoso, pero la voz, aunque no la identifica del todo, le es familiar e instintivamente se repliega a un rincón cuando oye:

—Podría no haber regresado jamás: en la academia fui feliz; pero opté por volver acuciado por el vínculo que me amarra a esta atmósfera... me forzó a atravesar continentes y mares...

Laureano reconoce la voz alterada de Hada Dulce, pero su confusión al verlo ahí clavado ante él es tal, que únicamente se pregunta cómo pudo descubrirlo.

—Los muros de esta casa son muy viejos, tanto, que han aprendido a oír. El tiempo les hizo desarrollar cientos de ojos insomnes, y poros que le permiten detectar y retener los olores más sutiles... la casa huele a ti; por donde pasas dejas un rastro fácil de seguir, tu deambular marca un territorio que no te pertenece, que has usurpado a los verdaderos dueños... —da un paso adelante, se lleva una mano a la caja sonora y regula una clavija. Prosigue, ahora con una voz menos áspera—. Cada palabra, cada murmullo, cada suspiro o risa permanece retenida en los pliegues del aire, y puedo escuchar cuanto ocurrió durante mi ausencia. Cada fisura en el enyesado y en el revoque, cada orificio en la madera de los muebles, cada poro, tiene un sonido o una voz que testimonia una historia de la que no estás exento a pesar de ser un intruso. Vuestra historia: la de tu madre, las demás sirvientas, y la tuya propia, son notas marginales sin grandeza: manchas de tinta en la caligrafía de nuestra sangre; serrín del torneado de una madera noble, que solo vale para rellenar muñecas de trapo o animales disecados. Sois escoria, desperdicios, heces... aunque necesarios para mantener la frágil justicia de Dios y el equilibrio de los hombres... a pesar de que a veces se atasque la veleta en la rosa de los vientos, pierda el Norte y coja atajos de injusticia o capricho —se acerca y acuclilla ante el muchacho, y al flexionar las piernas, de los goznes escapa un chillido semejante al de una rata asustada. Sigue después de un silencio—: Veo que has cambiado: te has hecho un hombre fuerte y hermoso... Dios es arbitrario... —suspira, las pupilas se le dilatan, dejan ver un abismo de aguas turbulentas, que Laureano no percibe por la oscuridad y el miedo, y alza los ojos absorto en el volumen oscuro y de olor ferroso que se agazapa frente a él. No puede escamotear una mirada de soslayo a las piernas de Hada Dulce, apenas visibles en la penumbra, y bajo la tela distingue las protuberancias de las numerosas piezas mecánicas que se articulan y descienden hasta penetrar en los coturnos, ocultas bajo las polainas. La voz grave y metálica le explica:

—Más allá de estos muros, el mundo discurre a una velocidad de vértigo: avanza hacia la perfección intentando corregir los numerosos errores del azar... —suspira—. ¿Recuerdas la noche que vimos aquel enorme objeto suspendido en el cielo? Por entonces, ni siquiera Elisa supo explicarnos su naturaleza, nunca encontró respuesta en los libros que mandó traer y optó por olvidar el asunto, pero tú y yo continuamos creyendo que se trataba de un monstruo. Los zepelines ahora surcan el firmamento de un continente a otro transportando a docenas de personas a bordo, haciendo realidad un sueño: volar. Son las alas que Dios, con su soberbia y mezquindad, nos negó a los hombres... —se señala las piernas con los ojos—. En Europa hay grandes lumbreras, sabios dedicados a investigar el ánima de los elementos y revelar sus misterios; y también existen ingenieros, mecánicos, artesanos, artistas, que pueden construir ingenios maravillosos —se incorpora y se pone de pie, mueve una pierna, la flexiona y queda en peligroso equilibrio, como una cigüeña negra y deforme—. ¿Ves? —y la baja. Mueve arriba y abajo la otra pierna: los muelles se tensan, los engranajes giran, las áncoras y los pernos se activan con precisión—. Ahora soy un hombre como todos... —se inclina y le acaricia la cabeza—: veo que tu pelo sigue siendo de oro...

El muchacho reacciona como tocado por las garras de una alimaña y se ovilla aún más sobre sí mismo. Hada Dulce se incorpora y va hacia la puerta. Laureano se sobrepone. El señorito vuelve la cabeza y le clava la mirada:

—Es inútil que huyas de mí, puedo ir a todas partes: a sótanos, buhardillas, desvanes, cocinas —avanza y se pega al muchacho, vuelve a acariciarle el pelo— y hacer contigo lo que quiera... y con la embustera de tu madre...

Laureano baja la cabeza derrotado ante una realidad cuya solidez lo impulsa a entregarse humildemente a las caricias, a reconocer el poder de las estirpes de la señora Iris y de la gobernanta conjugado en esta nueva criatura: la mente caprichosa heredada de su madre, la crueldad de su abuela. Siente unas manos haciéndole remolinos en el pelo, aunque no se atreven a aventurase en la intimidad de su piel.

—Haz conmigo lo que quieras, pero no toques a mi madre.

Hada Dulce le sonríe, satisfecho ante la súplica que corrobora su poderío, sus manos se envalentonan entre los bucles rubios y descienden por la nuca, avanzan hacia las mejillas y rozan los labios carnosos y húmedos, pero también tiemblan turbadas por la fragancia y tibieza que emana de este cuerpo perfecto: evoca el tacto suave de las muñecas con las que jugó en su infancia; los ojos claros de Laureano son como aquellos de cristal que se clausuraban bajo sedosas pestañas; sus labios irradian una sensualidad similar a las diminutas bocas en las que deslizaba cucharadas de papillas. Frena sus caricias cuando presiente los límites que separan el deseo de la incontinencia, crispa las manos en el aire y se resigna a postergar la posesión del objeto amado. En la frente le brillan minúsculas gotas de rocío. Suspira como si se le fuera a escapar el alma... Retrocede llevándose el rumor de hierros, vuelve a cerrar la puerta con candado.

El muchacho poco a poco recupera el aliento. Involuntariamente rememora aquella noche lejana en el jardín, el artefacto gigantesco que flotaba como una ballena varada en los cielos, y también reconoce el estigma de la promesa que formuló con los sentidos embotados por el placer.

Desde que Hada Dulce interpretó a medias las crípticas figuras de los cuadros, y convencido de su originalidad mandó trasladarlos del recibidor a sus habitaciones, Belinda irradia un aura de alegría y exhibe aires de superioridad ante Josefa, cuyos arreglos florales hicieron tiritar el labio superior del señorito bajo el bigotillo hirsuto, tanto, que mandó quemarlos de inmediato.

Hada Dulce en persona dirige a las sirvientas, que empujan los grandes baúles hasta el centro del cuarto, los abren y van sacando pequeñas cajas y estuches primorosos, forrados de cuero negro o burdeos, con bisagras y diminutas cerraduras de plata vieja. Algunas tienen formas caprichosas que evocan a instrumentos musicales.

Se miran unas a otras preguntándose por el contenido, que suponen de un gusto refinado, exquisito, como todo lo que viene de Europa: objetos hechos con materiales nobles, oro, plata, maderas de oriente y sedas, fruto de artesanos expertos, o bien aparatos eléctricos de dudosa función, de los que se fabrican en las florecientes industrias: Elisa les habló de una máquina que hace la colada y de otra que aspira el polvo, de planchas que se calientan por sí solas, de teteras, de cafeteras y cocinas que funcionan con luz eléctrica; caprichos, en suma, del señorito Hada Dulce, fruto de su irrefrenable inclinación por la cosas bellas e inútiles, y de su debilidad por todo lo moderno, que en eso salió a su madre, concluyen.

Ordena colocarlo todo en las extensas mesas de roble que mandó subir de los sótanos e hizo lustrar con ceras, y dentro de las vitrinas que, con dificultad y gran esfuerzo, arrastraron escaleras abajo desde los desvanes donde se carcomían. Exige que traten sus cosas con todo el cuidado del mundo, como si tuvieran en las manos frágiles cristalerías de Bohemia de las que había antiguamente en la casa.

Esa misma mañana, también mandó rescatar de los altillos todas las estanterías, apartar las más recuperables, lavarlas con cepillos de raíz, darles cera de abeja, bajarlas y disponerlas en el salón de baile. Luego, entre todas, metieron los voluminosos cajones embalados con planchas de fieltros espesísimas y sujetos con esqueletos de listones de pino claveteados. Señaló los lugares idóneos donde dejarlos de pie, según las instrucciones que indican la verticalidad, dibujadas en cada uno de los lados.

También repara en los viejos armarios y roperos de su alcoba, y sin remordimiento ordena a la nueva gobernanta:

—¡Vaciadlos y destruid las muñecas! —y mira a Laura de tal forma, que esta siente su corazón apuñalado como el viejo acerico de trapo de Draya.

Las sirvientas obedecen y tiran las muñecas a los cubos de basura junto a los restos de los embalajes: cuerdas de esparto, cartones, precintos de chapa y trozos de fieltro. Belinda se sorprende cuando en una gaveta descubre la muñeca china que ella misma había dejado en brazos de la señora Iris, en el féretro, no da crédito a sus ojos y la acerca a la nariz: detecta el penetrante olor que rezuma y constata que huele a cuerpo corrompido, deja escapar un pequeño grito de repulsión y la arroja al cubo de basura de inmediato. Hada Dulce le lanza una mirada lapidaria, y Belinda le responde con una sonrisa que le achina los ojos y un encogimiento de hombros de sobrecogedora inocencia.

—¡Las ropas también! —y hace un círculo con el índice en alto señalando los vestidos que le hizo Draya, las mallas de baile, los trajes para *Cascanueces*. En sus labios vibra una línea amarga, contenida—. ¡La casa de muñecas, que también acabe entre las llamas! ¡Todo!, menos la lata con los ojos...

La gobernanta busca por los rincones hasta dar con ella, la destapa y comprueba que siguen allí los puñados de ojos de vidrio: un revoltijo de contrapesos de plomo y pupilas la observan con un malvado estrabismo desde el fondo.

—Aquí los tiene, señorito —y se los extiende haciendo una mueca de aprehensión.

Mete una mano, coge un puñado y los observa satisfecho.

Enseguida Laura saca de los armarios los vestidos sucios, deshilachados y desteñidos. Sus manos se demoran acariciando la textura de uno de ellos, del rojo, que tanto apreciaba la señora Iris, el de la «Danza Árabe». Por su mente atraviesa una cadena de recuerdos formada de eslabones amargos. Lo hace un ovillo, como al resto, y lo mete en una caja. No tarda en dar con el traje de «Hada de Azúcar» y con las alas de tul aplastadas, casi irreconocibles. El destello de una lentejuela azul la induce a recuperarlo y esconderlo, pero el señorito advierte sus intenciones:

—¡Quémalo!

Laura se acerca a la ventana, lo arroja al jardín donde otras sirvientas están quemando los montículos de cardos segados, a los que añaden los ramos de Josefa, y les grita que lo echen a las llamas, entre cuyas lenguas de fuego lo ve arder, retorcerse las alas, deformarse un instante como si quisieran alzar un vuelo trémulo, y desaparecer rápidamente inmersas en una densa humareda. Abandona la ventana y mira de soslayo al señorito, que, imperturbable, continúa dando órdenes e instrucciones precisas. Laura detecta una leve vibración en falsete —la antigua voz de Hada Dulce, que el mecanismo de la caja sonora no logra ocultar—, cuando este le pregunta:

—¿Y mi varita mágica?

Se apresura a revolver en los cajones, en los huecos del fondo de los armarios, hasta encontrarla oculta en una ranura. La coge y se queda asombrada por el exagerado peso de la estrella.

—Dámela. La conservaré —y extiende una mano lánguida.

Se la entrega asiéndola con la punta de los dedos, pues descubre que la estrella está hecha con hojas de cuchillo de cocina amalgamadas.

Hada Dulce la admira, la sopesa, prueba el filo de la estrella con la yema de un dedo y sonríe cuando ve florecer una gota de sangre roja. Recuerda a la antigua gobernanta: sus agujas, sus tijeras e hilos, el acerico de trapo mortificado con cientos de alfileres, tal vez rememora viejos instantes de dicha...

Por último, Laura le entrega la cajita de madera de sándalo que fue de Draya, y cuando el señorito la abre y descubre en el interior los tirabuzones negros atados junto a los bucles rubios, el labio superior, presa de las contradictorias pasiones que lo fustigan, tiembla como un pájaro moribundo. Con los dedos palpa la textura sedosa y acaricia los tirabuzones, los acerca a las fosas nasales y aspira profundamente el perfume que lo transporta fuera del mundo. Laura aprovecha este momento de debilidad y confusión para reclamarle las llaves de los baúles y estuches; le señala el pesado llavero que cuelga de su cintura, al que pretende añadirlas.

—A partir de ahora las llaves las tendré yo —reacciona después de un instante de duda. Deja caer los mechones dentro de la cajita y la cierra con un golpe seco—. Esto me lo quedaré —murmura.

Laura se siente contrariada, le cuesta renunciar al llavero que simboliza su mezquino poder: sus dedos vacilan cuando se dispone a desprenderlo del cinturón, balbucea una excusa y se arrepiente, sella su boca, baja la mirada y le entrega el manojo de llaves como quien sacrifica su corazón a la voracidad de las hienas.

—Podéis iros —indica Hada Dulce mientras comprueba las etiquetas de las llaves y se cerciora de que no falta ninguna.

Las sirvientas se retiran en orden, no sin antes deslizar miradas de soslayo a los estuches renegridos colocados en las vitrinas y a los que dormitan enfilados sobre las mesas. Laura oye a sus espaldas:

—Qué venga tu hijo, el bastardo.

Ella vuelve la cabeza y el señorito le muestra una hermosa sonrisa, cuya esencia equívoca no escapa al exiguo entendimiento de Laura.

Bajan la cabeza y se entregan con esmero a su trabajo, sin atreverse a hablar ni a mirar abiertamente a Laura, que aparece en la cocina y se dirige a las leñeras en silencio, como una sonámbula, resignada a los reveses del destino, secándose las lágrimas con el ruedo del delantal. La oyen hablar con su hijo, ordenarle que suba a los aposentos del señorito; y a pesar de todo lo ocurrido, del despotismo de Laura durante el poco tiempo que duró su reinado, temen por la integridad de Laureano, por su belleza. Cada una rememora en silencio cuando era un muchachito que se dejaba acariciar tiernamente, cuando le robaban besos detrás de las puertas, o al amparo de un rincón penumbroso; en su memoria les quedó grabada la fragancia a lavanda de su pelo rubio, los sonidos del cornetín cuando vagabundeaba próximo a la fuente del ángel negro. Todas, alguna vez, cuando dejó de ser un adolescente desgarbado y ambiguo para convertirse en un robusto y hermoso joven, ansiaron rodearlo con sus brazos, experimentar su misteriosa tibieza, descifrar el sabor de sus labios; las más jóvenes no dudaron en entregarse a él en sueños y despertaron con el sabor amargo de una vigilia yerma bajo la lengua, con la boca reseca y las palmas ardiendo de fiebre. Todas se embriagaron ante la celestial visión de su desnudez cuando lo bañaban, antes de que la antigua gobernanta ordenara que dejasen de hacerlo, porque él podía valerse por sí mismo; y recuerdan sin sonrojo la suavidad sobrecogedora de su piel entre las ingles cada vez que una mano se deslizaba simulando torpeza. Muchas lo espiaron por las fisuras del muro de madera y suspiraron al verlo echarse sobre el jergón y soñar; todavía hoy envidian sus sueños inviolables a cuyos meandros no tienen acceso, y recelan de las criaturas sutiles que imaginan peregrinando en ellos: criaturas a las que desearían suplantar para disfrutar ellas del abrigo de su aliento. Hacen oídos sordos a los rumores que circulan por los pueblos vecinos dándole fama de mujeriego, seductor y embustero redomado. Niegan —aunque cada una en su fuero interno se rinde a la evidencia— que embaraza a muchas jovencitas y desflora a otras tantas con promesas cuya consistencia es menos densa que la misma niebla; saben que existe un puñado de bastardos rubios cuyos rasgos rubrican su autoría. Y ahora temen por él, hacen cábalas basándose en la arbitrariedad y en las inconfesables apetencias del señorito, pues saben que a pesar de su aspecto de madurez, su corazón encierra aún viejas pasiones infantiles y un haz apretado de sentimientos turbios atrapados en las telarañas de su memoria.

—Tú serás el único con quien compartiré mis secretos —Hada Dulce le confía al muchacho, y lo toca suavemente en el pecho con la estrella de la varita mágica, le roza apenas con una de las puntas afiladas la tela de la camisa, sin dejar huella en la trama blanca de batista.

—¿Por qué has vuelto? —pregunta Laureano, decidido aunque arredrado ante la umbría figura que se alza en medio de la habitación, apenas iluminada por la vaga claridad que deja pasar una ventana entreabierta.

—Ya te lo dije: acuciado por los recuerdos... Nací en esta casa, y cuando mis ojos se abrieron, lo primero que vieron fue la cara avinagrada de Draya, luego fueron percibiendo tenues claridades y siluetas borrosas que iban de un lado a otro. Mis tiernos oídos padecieron gritos desgarradores, que se fueron transformando en murmullos apagados, en voces roncas que secreteaban sin vergüenza. También percibí olores penetrantes a carroña, y a sangre caliente. Luego, los recuerdos se amalgaman y únicamente mantengo viva la estela de un dolor agudo apoderándose de todo mi cuerpo, traspasándome como una daga el pecho. En esta casa pasé mi infancia contigo como amigo y compañero de juegos, protegido por Draya y las demás criadas. Todo esto me pertenece, es mío; y antes fue de mis padres, y mucho antes de mis abuelos. Estoy condenado a vivir en ella por el peso de la sangre que circula por mis venas, y en ella moriré junto a los míos —señala los retratos que penden de las paredes. Hay un ligero velo de tristeza en su voz, que los filtros no pueden corregir ni disimular—. Mi infancia y los recuerdos felices me asaltaron a menudo a lo largo de mi estancia en Europa, ni la disciplina de los estudios pudo paliarlos, ni el cariño del doctor Von Himhler, mi venerado maestro... ¿Recuerdas la noche que vimos el zepelín, cuando te llevé a ver tu sepultura?

El muchacho asiente, aunque en el fondo de su alma quisiera negarlo y así extirpar la impronta de aquella noche.

—Esa noche nuestros juegos se aventuraron más allá de lo establecido, tal vez fuera el poder de la luna que conjuró sus efluvios con la oscuridad... no lo sé... durante los años vividos en los talleres, junto a mis compañeros y a mi maestro, me dediqué a un trabajo constante y esforzado, centré todos mis sentidos en olvidar aquella noche, en alejar de mi mente la imagen de la luna velada por la silueta magnífica del dirigible, pero fue inútil, la voluntad me flaqueaba cuando dormía, y la colosal figura del zepelín se me aparecía en sueños y me devoraba, y también oía las palabras que pronunciaste en aquel instante en que el cielo se ensombreció... quise excluirlas de mi memoria y fingir que jamás habían salido de tu boca, que no habían sido más que el fruto de mi imaginación, de la añoranza...

—Mis palabras surgieron de tu corazón y no del mío.

—Pero tus labios las pronunciaron, no los míos... ¿Es que tu corazón se ha vuelto de piedra?

Laureano no se compadece ante la humedad que aflora en los ojos que lo ajustician, donde se agolpan remolinos temerarios al otro lado de las pupilas:

—No, no lo olvidé. Pero todo lo enmarañas. Mientras tú disfrutabas del lujo, criado por un puñado de mujeres atemorizadas, doblegadas a tus caprichos y regalando tus oídos con frases vanidosas, yo pasaba hambre y frío en el cobertizo, más tarde, cuando Draya me descubrió viviendo en las leñeras, tuve que soportar su tutela, su despotismo, sus castigos, su maldad ciega... no intentes equiparar tu pasado con el mío...

En el gesto de Hada Dulce aparece un viso de irritación cuando le responde:

—A cambio de algunos padecimientos, de ciertas privaciones, hubo para ti regalos de la naturaleza por demás arbitrarios, dones que yo no tuve. Tú conoces el amor, lo sé, estoy enterado de tus correrías... ¡Mírame! —su cuerpo se envalentona, recupera el porte majestuoso, eleva la voz que se le vuelve afónica, retrocede y se lleva ambas manos al pecho—. ¿Qué ves en mí? —y espera una respuesta que en el fondo de su alma no desea oír, y que tampoco sale de la boca de Laureano. Ante el incómodo silencio, resignado, opta por responderse él mismo—. ¿Acaso tienes ante ti a alguien que despierte sentimientos de ternura, de amor, en lugar de compasión? ¿Podría alguien amar al monstruo en que me convirtieron las circunstancias? —deja caer las manos a los lados; su figura se encoge abatida, a punto de desplomarse—. ¿Crees que fui yo quien eligió mi vida...? No —sonríe con un gesto próximo al patetismo—, estaba prefijado, había sido escrito por mi madre cuando me llevaba en sus entrañas —se señala el vientre—, por la gobernanta cada vez que me obligaba a ponerme el traje de Hada de Azúcar y a bailar, y por las demás sirvientas que se rendían ante mis deseos, por odiosos que fueran. Incluso tú, con tu apostura y belleza, con tu simpatía de niño mimado, arrasaste con los rescoldos de ternura o cariño que pudieran sentir por mí ocultos en el fondo de sus corazones...

El muchacho guarda silencio. Por primera vez advierte sentimientos en Hada Dulce, intuye la existencia de un corazón humano palpitando, y no puede dilucidar si la emoción que brota tímidamente en su pecho pertenece al territorio desértico de la misericordia o al vergel de la ternura, aunque reconoce la existencia de un impulso inusual que le obliga a desviar los ojos avergonzado.

Hada Dulce adivina la lucha interior que sostiene Laureano y cuyo resultado final es una mezcla de humillación y miedo, y ante la verdad que se impone flagrante, recupera el porte colosal y el tono de su voz vuelve a ser rígido y distante:

—Ven, vamos al salón de los muñecos.

A pesar de los comentarios oídos a su madre y a las demás criadas a propósito de las misteriosas cajas, Laureano queda estupefacto cuando ve los enormes embalajes colocados en estricto orden, los relucientes y enigmáticos estuches alineados como inmensos azabaches en las mesas, la rareza de los que reposan dentro de las vitrinas herméticas: impolutos, silentes. Únicamente el lubricante de las prótesis del señorito, los ejes excéntricos que se articulan en base a los puntos cardinales, el movimiento casi cartesiano de las rótulas, fracturan la quietud, esbozan un fragmento de caos en el rigor geométrico de la habitación.

Laureano logra distraerse de la presencia de Hada Dulce, que permanece a la expectativa, y sin salir de su asombro deambula entre los embalajes, circunda los paralelepípedos de madera y echa un vistazo a los signos que indican su correcta posición sobre el suelo.

—Son algunos de mis ejercicios prácticos, no todos: muchos de ellos, tal vez los mejores, quedaron en casa de mi maestro como ejemplo para futuros discípulos —Laureano oye a sus espaldas la voz tamizada por placas vibradoras—. Los realicé en la academia, y su perfección y belleza hicieron que me proclamasen el mejor, y me granjearon la confianza, amistad y afecto de mi maestro, y también la admiración y el respeto, cuando no la envidia, del resto del alumnado. Te los enseñaré: será nuestro secreto —y encamina sus pasos rígidos hacia Laureano. El corazón le palpita agobiado bajo el peso del filtro sonoro que agiganta sus latidos hasta volverlos delatores y los dispersa en el aire enrarecido, cargado de emanaciones de botica, de extraños aromas a hierbas medicinales salvajes. Se le acerca por la espalda y posa una mano sobre el hombro del muchacho, que experimenta un leve escalofrío y de soslayo observa las uñas marfileñas, impecables. La mano ejerce presión, una fuerza controlada al límite del daño que lo obliga a volverse y enfrentarse a unos ojos cargados de deseo—. Cómo anhelo volver a nuestros juegos de antaño, a las hermosas imágenes que nos devolvía aquel trozo de espejo en el cobertizo... —El muchacho pasea sus ojos de un lado a otro del suelo buscando alguna particularidad, una astilla o un nudo en la madera en los que asirlos para esquivar esa mirada abisal y ese aliento de fuego. Tarda en responderle, y por fin lo hace con un ligero movimiento de cabeza afirmativo, casi imperceptible; y de inmediato una mano afiebrada delinque bajo su melena rubia. Laureano distingue susurros de cobre y estaño, sonerías que delatan recónditas palpitaciones. Sin levantar la cara, con los ojos todavía vagabundeando en las vetas y ensambles de la tarima, intuye los aguijones de una mirada que no se resigna a la inminente derrota, y que se dispone a embestir con la vivacidad de una cobra; huele su veneno letal almacenado en las glándulas de una memoria insobornable: la etérea naturaleza castrada de Hada Dulce. También él posee lacras que como una rémora le impiden envalentonarse, enfrentarse a la arbitraria realidad y rebelarse. Una voz le susurra a un oído—. Pondré música; el bálsamo adecuado para amansar a las fieras —y siente que Hada Dulce se desprende con dificultad de la red sutil de delirios que lo envuelve, que se separa de su cuerpo impulsado por la voluntad de sus prótesis, no por la de su corazón, más débil que la mecánica de los artesanos que forjaron sus piernas falsas.

Hada Dulce se acerca al gramófono que las sirvientas pulieron con abrasivos hasta restituirle su brillo primitivo, y cuyo mecanismo desorbitado encajaron a fuerza de martillazos, y hace girar la manivela: la atmósfera se satura con las notas de *Cascanueces*, todavía latentes bajo los arañazos, y adormecen los sentidos del señorito, que se tumba en la *chaiselongue* dispuesto a relegar al olvido el artificio que le permite andar, a borrar por un instante la herida de su mutilación. Una sonrisa leve reblandece el rictus acartonado que lo ampara como una coraza. Extraviado tal vez en los arabescos y puntillas de la coreografía destartalada que le enseñó Draya, sigue el compás con la varita mágica, produciendo zumbidos asesinos con los cinco filos de la estrella, desangrando la tarde con invisibles heridas que abre en el aire. Cuando oye los primeros compases de la «Danza del Hada de Azúcar», se pone en pie y comienza a bailar poseído por una beatitud tal, que lo hace sentirse una pluma; pero a los ojos de Laureano, que asiste desde un rincón sin dar crédito a sus ojos, es un escarabajo con los ligamentos a punto de desencajarse. Lo ve desplazarse en un patético *développer en avant* yendo hacia donde se enfilan los cajones, y a medida que pasa ante ellos, asestarles golpes con la estrella, hundir una punta en la madera, y enseguida arrancarla.

—Mis ejercicios prácticos —señala, mientras gira sobre los coturnos, con los brazos elevados en *quinta*—. Quiero que los abramos juntos, tú y yo —le propone—. En aquella caja encontrarás palancas, martillos y tenazas.

Laureano le obedece sin poder ignorar el brillo de la estrella cuya superficie le devuelve su propia figura como en un caleidoscopio.

—Con mucho cuidado —le advierte Hada Dulce. Y a continuación le indica cómo debe hacerlo.

Los clavos salen torcidos, oxidados, y dejan heridas redondas en la madera. Los cuatro lados se desploman como exoesqueletos descoyuntados y aparece un envoltorio de fieltro gris, sujeto con cuerdas de yute y con bramantes.

El muchacho desata algunos nudos, corta otras ligaduras demasiado prietas con unas tijeras, retira una a una las capas mullidas que protegían la fragilidad de un cristal convexo que se revela como un desmesurado fanal transparente, y cuando sus ojos, después de una duda, interpretan la inequívoca naturaleza de la figura que se yergue dentro sobre una peana, se desmorona sin tiempo a proferir un grito de espanto.

—Vi sus *herramientas* —le participa por lo bajo Águeda a Marisa, quien arranca a puñados las plumas de un pato previamente sumergido en agua hirviendo, y las arroja a un barreño ensangrentado—. Son... horribles —prosigue, mientras hace un gesto pavoroso sacudiendo la cabeza—, se me puso la carne de gallina al verlas.

—¿Acaso no las tiene bajo llave? —y Marisa corta con un golpe certero de hacha la cabeza del ave minutos antes desangrada en el barreño—. Bah, nadie puede ver qué guarda la cerda en esos estuches —agita el despojo ante la cara de su compañera antes de arrojarlo a otro barreño rebosante de vísceras cubiertas de moscardones. Con un cuchillo de hoja ancha abre en dos el pecho del ave, le extrae a puñados las entrañas, lo vacía limpiamente sin dejar rastro de menudillos, aparta el hígado y el buche en un plato. Águeda continúa su relato procurando poner convicción en sus palabras, indiferente a las salpicaduras de sangre que le embadurnan el pecho y los brazos:

—Te juro que pude verlo todo por la puerta entreabierta. Hada Dulce estaba como ida, mirándolas hechizada. Las había colocado en fila sobre la mesa, y a un lado estaban los estuches abiertos y vacíos. Te juro que vi sus instrumentos... parecían como pinzas muy raras, así, torcidas en curva —ilustra sus palabras con ademanes y gestos—, otros eran una especie de cuchillos de diferentes tamaños; algunos como tenedores inmensos y muy largos, otros como garfios delgados, también sierras y serruchos... y cogía unos y otros entre sus manos y se quedaba traspuesta, embobada.

—¡La gobernanta! —advierte Josefa, que pica en una tabla almendras, piñones, nueces y castañas para el relleno del pato. Se callan de inmediato y fingen estar concentradas en sus labores, pero advierten por el rabillo del ojo el gesto de ofuscación de Laura, que da la impresión de no reparar en ellas y continúa su camino hacia las bodegas, distraída, avanzando con las dificultades de un autómata dislocado.

—No puede dormir —comenta por lo bajo Águeda. Se agacha, coge con ambas manos el enorme barreño de aluminio lleno de despojos y se aleja hacia el patio posterior seguida por un enjambre de moscas verdes y azules.

—Lo sé, se ha vuelto insomne desde que el señorito descubrió a su hijo escondido en una buhardilla, y en vez de castigarla, no dijo esta boca es mía —Marisa se acerca el pulgar y el índice a la boca. Agita el pimentero sobre el bol, suspira y resopla mientras hace el relleno ligando los frutos secos machacados con *foie gras* y gelatina insípida, lo revuelve todo con un tenedor de madera de naranjo, lo prueba con un dedo y murmura que le falta una pizca de sal y un chorrito de *brandy*.

—Está encaprichada del bastardo, de su hermano de leche —opina Josefa, sin apartar los ojos del cuchillo con que pica cebollas, y que podría rebanarle los dedos como salchichas.

—Hada Dulce es así, entre otras cosas, porque lo amamantó Amaltea, la cabra loca —proclama Elisa—. Porque tú, Octavia —le recrimina—, te ocupabas de cortar la leche de vaca en cuanto la traían...

—¿Yo...?

—Sí, tú... Y la leche de Amaltea acabó agriándole más el carácter de por sí arisco, y la volvió más veleidosa y mala de lo que en un principio la parió su madre.

—Es tan guapo... —suspira Marisa, pensando todavía en Laureano, ajena al matiz que toma la charla y mientras acaricia el pecho abierto del pato. Luego enhebra la aguja curva con hilo de tripa y empuja y apelmaza el relleno al tiempo que sutura el tajo.

En ese momento regresa Laura, y al oírlas cuchichear, vuelve en sí y les ordena con desgana que no se distraigan. Se sienta en la bancada, fusta en mano, y se adormece bajo los velos espesos del vapor que se elevan de los pucheros donde Josefa cuece coles, acelgas, repollos, coliflores, patatas, nabos, zapallos y zanahorias para las guarniciones. Cuando la ven dormida retoman los comentarios y habladurías:

—La perra de Hada Dulce pierde el sentido por el muchacho, desespera y está inquieta como un animal enjaulado... —tercia Josefa, con la cabeza asomada a la marmita, empeñada en hundir los repollos que buscan salir a la superficie espumosa.

—Desde que llegó andando por sí misma, sin la silla de ruedas, me da miedo... —agrega Elisa—. Aunque comprendo que no hay nada de malo en ello, que no es más que una maquinaria, engranajes y ruedas inofensivos, el milagro de la ciencia que le permite moverse... pero, no lo sé, me da miedo igual.

—No deja de llamarnos a todas horas, el timbre no para de sonar un instante y no tiene más que caprichos..., que si quiero esto o lo otro, que me subáis mis antiguas zapatillas, que si le falta sal a las comidas o les sobra... —rezonga Josefa, mientras se escarba las crenchas bajo la cofia con el mango roñoso de la espumadera.

—Igual que la cerda de su madre —asegura Marisa, sin levantar la vista del cuerpo exangüe de un segundo pato al que practica con el cuchillo de hoja ancha una incisión a lo largo.

—No era tan mala... —opina o rememora confusamente Belinda, sentada junto a los hornos, cubierta de una pátina de harina que la convierte en un ser fantasmal. Y siente de inmediato el peso de una mirada lapidaria que le arroja Octavia desde el otro extremo del fregadero, donde frota con estropajo y ceniza el fondo renegrido de una cacerola.

—Desea su cuerpo, su cara, sus ojos, su pelo como el oro —explica Marisa mientras sutura el vientre del segundo pato. Embadurnada de pasta de almendras, ciruelas y albaricoques, cada tanto se relame los dedos con glotonería. Hace un nudo que obtura el pecho rellenado, y le propina golpes con la palma de la mano para hacerlo simétrico.

—La perra está caliente como cuando era una niña que nos mandaba subir a sus habitaciones a jugar a médicos —sentencia Águeda, que ha regresado del patio donde arrojó los despojos, y ahora quema las cánulas de una gallina sobre la hornalla. El olor a chamusquina se esparce y ocupa el espacio de los demás olores, hasta que Belinda abre los hornos y el perfume dulce del pan caliente lo invade todo. Callan: cada una está pensando y urdiendo sus propias conjeturas amorosas. En medio del silencio, únicamente rasgado por el continuo y monocorde frotamiento del estropajo y la ceniza con el fondo de aluminio, se eleva la voz de Octavia, que hasta el momento no había dado su opinión:

—Es todavía peor que la cerda de su madre... porque no se sabe si es varón o mujer, y tiene de ambos lo peor: la soberbia y lujuria de los machos, y el rencor y codicia de las hembras en celo... Al no ser ni una cosa ni la otra, su mente se pierde en soluciones contrarias que lo llevan a quedarse con lo más ruin de ambos sexos.

Se miran unas a otras en silencio.

—Es un castrado —continúa, inmersa en una letanía—. Su madre lo parió incompleto y murió convencida de que era una hembra; lo mismo hizo la bruja de Draya, y nos embaucaron a todas, hasta que se descubrió el pastel. Pero ahora no puede engañarnos a pesar del porte masculino, de la ropa de hombre que viste, de la voz artificial ronca y grave: todas sabemos que le falta lo que todo hombre que se precie de tal lleva entre las piernas. —Las demás se echan a reír, pero ella prosigue muy seria—: Y sin *eso* vivirá hasta su muerte, mutilado y con la angustia de no saber si es varón o mujer. Solo la vieja gobernanta conocía el arte de reparar los virgos, de reponer aquello que se perdía; ella, con sus agujas y sus hilos, lo arreglaba todo al instante, debo reconocerlo, aunque no me guste.

—¡Era una sabia...! —suspira Josefa.

—¡... con su caja de costura! —Marisa enarbola la enorme aguja curva y remeda hacerse una costura a la altura del bajo vientre, a la par que suelta una carcajada.

Las demás ocultan la risa con las manos y vigilan de reojo el sueño de Laura.

—Hay algo que no me explico aún... —comenta Belinda, ocupada en acomodar las hogazas en una cesta de mimbre—. ¿Recordáis aquella muñeca china que dejamos en el ataúd de la señora Iris para que le hiciera compañía? —y sin aguardar respuesta agrega—. La encontré con las demás el día que Hada Dulce mandó quemarlas; estoy segura porque no había otra, y además, olía a muerto... ¿Cómo pudo haber escapado de la tumba y vuelto a la casa?

—Estás vieja, chocheas... —dice Octavia.

—Por cierto —parece recordar Elisa—, ¿qué fue del costurero de Draya?, me cansé de buscarlo y no...

Laura, desde la bancada donde la creían dormida, sin abrir los ojos, sentencia:

—Es su ajuar en su tumba: las arras de su boda con la muerte. Yo misma lo puse bajo sus faldas para que pudiera coser su propia mortaja y pasearse con ella por el estercolero, de la mano de su querido hijo Asrael.

Y no saben si está despierta o sueña en voz alta.

Únicamente las luces de los veladores están encendidas y cubiertas con tules o pañuelos de seda rojos. Hada Dulce ha creado una atmósfera teatral, un escenario adecuado a su arte, según le enseñó la vieja gobernanta basándose en las ilustraciones de las revistas de ballet. También afirma que por sus venas corre la sangre de una auténtica bailarina, como lo fue su querida madre, y que aunque su carrera se haya visto truncada por su enfermedad, sin haber tenido ocasión de demostrar su talento, este se mantiene íntegro en su corazón. Afectada por una congoja sincera se lo confiesa a Laureano; pero este no se conmueve: nada lo impulsa a la misericordia y sí, en cambio, se acentúa su desconfianza ante el aire taciturno, distante, que ensombrece el gesto de Hada Dulce y en cuyo fondo cenagoso vislumbra la traición.

—Ahora que conoces mis secretos, que te has familiarizado con mis autómatas y no te dan miedo ni asco —conjetura Hada Dulce—, jugaremos como lo hacíamos antaño en el cobertizo. ¿Recuerdas? —la mirada proyecta una luminosidad remota, una claridad filtrada por entramados de espanto.

Laureano asiente, aunque su corazón se estremece y se le eriza la piel cada vez que le obliga a entrar en el cuarto de los autómatas. Tiene pesadillas horribles de las que no puede liberarse ni siquiera tragando estoicamente las amargas infusiones de tila y valeriana que le prepara Marisa. Pero oculta la angustia ante los juegos de Hada Dulce en cuya urdimbre se dibuja con nitidez la impotencia de un deseo bloqueado, juegos a los que se somete por su madre, la cual cada día palidece más, pierde peso, se deteriora y da la impresión de deslizarse por el vértigo del desaliento.

—No debes temerles —el señorito imposta una voz acaramelada, como cuando de niña les hablaba a sus muñecas de porcelana—. Los muertos son inofensivos. Y a pesar de su maravilloso aspecto, de su lozanía —fruto de mis artes de taxidermia—, te aseguro que ninguno de ellos moverá un dedo para hacerte daño —sonríe, ensaya una mueca burlona o despectiva—. Acompáñame —y le tiende una mano. Laureano procura no asirla: simplemente deja muerta la suya, la somete al tacto sutil que lo guía en su magistral itinerario.

—Te contaré la historia de cada uno de ellos —y coge la varita mágica a modo de puntero. Se acerca a la primera de las urnas y señala—: Este fue mi tercer ejercicio; los dos primeros se corrompieron por mi impericia, la clave está en un perfecto desangrado, y tuve que destruirlos arrojándolos a las llamas, pero esta mujer resiste el paso de los años, apenas se deteriora, aunque un día también tendré que quemarla, pues le sucederá tarde o temprano... irá resecándose, arrugándose y volviéndose amarillenta y quebradiza como un pergamino. Acerca tus ojos al cristal, mira aquí, en el cuello... Todavía era inexperto con el instrumental y dejaba esas antiestéticas huellas. Sin embargo, si observas este otro —y lo conduce, siempre de la mano, ante otro fanal—, verás que se aproxima más a la perfección, a la *opera magistra* —y abre los ojos desmesuradamente. Bajo la transparencia impoluta, un hombre desnudo se mantiene erguido merced a una columna de hierro que lo empala. Tiene los labios cosidos con bramante y las cuencas de los ojos vacías bajo los párpados acartonados. El señorito es víctima de un acceso de risa incontrolable—. Con el traqueteo del viaje perdió los ojos y no puedo reponerlos: los que tengo son demasiado pequeños, demasiado grandes o impares de color... el infeliz padeció durante más de una semana, se resistió a entregarse a la muerte, por otra parte, merecida por la impureza de su raza. Era obcecado y no se doblegaba con facilidad al dolor: me obligó a ser cruel, yo no quería... —se adelanta hacia otra urna que contiene el cuerpo de una joven hermosa cuya blancura azulea—. Verás que en esta rocé la perfección, pues parece estar viva... si le implantase una voz, un mecanismo sonoro oculto en el interior de su garganta, nadie podría asegurar que está disecada —y mira al muchacho buscando el beneplácito, que llega tímidamente con un gesto esforzado por encontrar el fiel entre la náusea y la sonrisa. Y enorgullecido ante esta mueca de la cual solo ve la parte dichosa, lo conduce ante otra urna en cuyo interior un niño se sostiene de puntillas sobre un pie, con los brazos en *quinta* y la otra pierna plegada al muslo opuesto—. Se diría que está a punto de iniciar la danza... También bailaba, como yo —se apresura a explicarle, y prosigue—: Conectado a una maquinaria sublime, bailó sin pausa durante días antes de caer extenuado, y aún así, sin vida, continuó girando accionado por los motores hasta que su endeble cuerpo alcanzó el *rigor mortis* y frenó los mecanismos, los bloqueó de tal forma,

que hizo saltar los engranajes por los aires... mira sus ojos...
¿Verdad que son hermosos? —se pone serio—: Es cristal de
Murano, auténtico...

El muchacho se siente al borde del vértigo, se marea, sus
sentidos están a punto de abandonarlo y hace esfuerzos por
mantenerse íntegro. Hada Dulce le reprocha:

—¡Eres un flojo!

Laureano se desploma.

Hada Dulce se arrodilla junto al cuerpo del muchacho
forzando al límite sus articulaciones, y le acaricia el rostro
suavemente.

—No eres valiente... —lo reprende con un deje de ternura—, te falta la hombría y el valor que yo heredé de mi padre.
Tu sangre se disuelve, pierde consistencia con demasiada facilidad; acaso por haber vivido rodeado de mujeres. —Sus
manos descienden hasta llegar allí donde la camisa abierta
deja ver el pecho; se entretienen en el vello rubio de muñeca.
Suspira, vuelve los ojos al cielo hasta dejarlos en blanco. Se
incorpora con dificultad, y con desgana se pone a cubrir las
urnas con telas. El muchacho vuelve en sí, reacciona y, movi-
do por el odio que en ese momento se apodera de todos sus
sentidos, le lanza la pregunta:

—¿Recuerdas la noche cuando te llevé a la cripta?

Hada Dulce se siente confuso ante el tono inusual de indignación y no responde, continúa cubriendo los fanales con
ceremoniosa indolencia.

Laureano, ahora de pie, envalentonado, eleva la voz:

—No es tu padre quien yace en el féretro que entonces
no pudimos abrir... —Y advierte un interrogante abierto en
el inflexible porte de Hada Dulce, que le induce a dar mayor
encono a sus palabras—. Eres tan bastardo como yo: la vieja
gobernanta te mintió al contarte que tu padre había muerto
poco antes que tu madre: el señor llevaba años agusanado en
la cripta cuando tú saliste de ese vientre maldito; tu verdadero

padre se pudrió en vida cautivo en una buhardilla, Draya lo castigó por haberte concebido; ahora descansa en paz en el estercolero, enterrado a varios palmos bajo la mierda, junto a su madre... —Ante el gesto descompuesto de Hada Dulce, el muchacho repone fuerzas para continuar, ahora desafiante—: ¿Te sorprende saber que eres nieto de la vieja gobernanta? —y esgrime una sonrisa triunfal.

Recibe por toda respuesta una carcajada de incredulidad. Sin perder la calma, y ante la sorpresa de Laureano, que no da crédito a semejante reacción de apatía, Hada Dulce se dirige al timbre y pulsa el botón con insistencia, hasta que una criada toca a la puerta.

—Llévate al bastardo —le indica a Octavia con un ampuloso ademán de desdén—. Y di a la gobernanta que suba de inmediato... —reflexiona—. ¡Espera! Mejor dile que ordene a la más diestra con la aguja que me haga unas alas enormes de Hada de Azúcar, tan tornasoladas como las que tuve, si fuera posible más hermosas y ligeras, que me permitan volar. También quiero un tutú nuevo... y mis zapatillas de punta.

Marisa, hábil con las agujas curvas de coser vientres de pavos, gansos y cochinillos, se muestra torpe a la hora de accionar útiles de costura, de trazar patrones e ingeniar mecanismos de sujeción para las alas de hada; de nada le vale consultar los viejos catálogos del *American Dress Pattern*, pues en ellos no hay figurines de trajes de ballet, y aunque los hubiera, no entiende ese galimatías de líneas punteadas superpuestas. A la torpeza de sus manos se le suma el nerviosismo del que todas son víctima desde que Laureano les reveló el contenido de los embalajes, y a pesar del estupor y pánico que les produjo, hay un acuerdo tácito de no mencionar el asunto. Además, tienen fundadas dudas de que sea verdad, pues Laureano es mentiroso por naturaleza: haber sido criado a escondidas lo hizo embustero.

—Miente —dice Octavia. Laureano es un fanfarrón que pretende asustarnos.

—También los autómatas que hacía el señor parecían de verdad, salvo por el tamaño; a veces los sentidos nos engañan —argumenta Belinda.

—Pero también aquello que no se nombra, que se omite, es como si no existiera —refuerza Elisa, poseída por una pertinaz melancolía desde hace un tiempo, cuando por casualidad, ordenando los cajones de una cómoda, descubrió entre la ropa el álbum de estampas galantes y, llevada por su curiosidad intelectual que le impide resistirse a cuanto se asemeje a un libro, lo abrió y en la primera página sus ojos tropezaron con una dedicatoria plasmada con la exquisita caligrafía inglesa del señor, al pie de una cornucopia cuyas orlas de querubines encerraban un falo enorme erecto. El vértigo se apoderó de ella cuando echó un ligero y asqueado vistazo a las estampas; volvió a la portada, corroboró en aquellas palabras obscenas que su imaginación no la había traicionado, y maldijo la hora en que había aprendido a leer y a escribir. Con el álbum oculto bajo el delantal bajó a las cocinas, y aprovechando que las demás estaban en las azoteas tendiendo las sábanas, lo arrojó a las brasas y lo cubrió con ellas. Únicamente Belinda, que por su avanzada edad y sus múltiples achaques permanecía en un rincón pensando en las musarañas, percibió sus movimientos y sintió curiosidad:

—¿Qué haces?

—Destruyo para siempre la ignominia —se limitó a responderle secamente.

En los baúles de los altillos hallaron retazos de telas, viejos trajes de la señora Iris que se salvaron del saqueo pero no de las polillas, restos de tapicerías, y se los dieron a Marisa, que burdamente confecciona un traje de bailarina, de hada menesterosa, al que incrusta caireles y pega bolitas de papel de plata a falta de lentejuelas. De sus manos, que con facilidad se enredan en los hilos, surgen dos alas monstruosas, más semejantes a las de un murciélago que a las de un hada. Las cose con tripa de cerdo e hilo de esparto, construye los armazones con alambres gruesos extraídos del vallado del corral de las aves; y a falta de tules utiliza delgadas vejigas de cabrito curtidas, a las que agrega una orla de plumas de la gallina negra cenada la noche anterior. A la luz intensa de los fogones, cuando sujeta las plumas por las cánulas al alambre, brotan brillos verdes y azules similares a los de una mosca carroñera. Luego confecciona un arnés con correas de cuero y hebillas de bolsos y maletas viejos.

Laura, ante la fealdad del traje, temerosa de la reacción que pueda tener Hada Dulce, intenta ella misma superarlo fabricando otro, pero ante el traperío que se deshace bajo sus manos, reconoce su inutilidad para las labores y, armada de coraje, sube las escaleras llevando en brazos, como un delicado traje de novia, el rasposo atuendo a duras penas hecho por Marisa.

Su temor se desvanece cuando Hada Dulce opina que tanto el vestido como las alas son hermosos, y alaba la destreza y buen gusto de Marisa mientras lo acaricia con sus manos enguantadas, con una ternura similar a la que se otorga a un recién nacido. Poseída por una alegría infantil que está a punto de conmover a Laura, abre uno de los baúles traídos de su viaje y saca uniformes nuevos para toda la servidumbre.

—Quiero veros a todas de punta en blanco, como en los viejos tiempos que no llegué a conocer, salvo en los daguerrotipos y fotos, y por lo que me contaba de niño Draya, pero que estoy dispuesto a resucitar devolviéndoles todos sus oropeles, alegrías y ternuras.

—Pon música, luego coge las alas y conviérteme en el Hada de Azúcar —Hada Dulce es tajante y a la vez pretende ser amable. Lleva puesto el traje de baile que hizo Marisa y un tutú flácido y tenebroso deja a la vista las prótesis mecánicas donde embute las piernas delgadas, lampiñas y blancas.

El muchacho pone *Cascanueces* en el gramófono, le da cuerda. Observa el interior del cono de bronce en cuyo fondo hay una falena muerta, liviana y quebradiza como una hoja seca. Suelta el freno, el disco comienza a girar y ella deja caer la aguja sobre la superficie arañada: hay ahogadas campanillas y arpegios difíciles de reconocer, vestigios de una melodía destartalada se hilvanan con un cordel de afonías.

Hada Dulce se sienta en la *chaiselongue* y dispone su anatomía maltrecha a la comodidad del muchacho, que con inusitada destreza le sujeta las alas pasándoselas por debajo de los brazos; ciñe las correas al perímetro del torso escuálido, ensarta las hebillas y ajusta el conjunto con dureza. Los enganches del arnés, las hebillas y adornos de papel de plata se conjuran en la espalda para dibujar una calavera perfecta.

Hada Dulce se pone de pie, despliega las alas en toda su envergadura y se pavonea radiante: es una novia nocturna con iridiscencias de betún y mosca carroñera. Hay en ella trazos de falena amedrentada, perfiles de ave predadora y carnívora, el gesto congelado de una mantis al acecho; pero cuando contempla su imagen nupcial en los enormes espejos venecianos, cuando corrobora en el fondo del azogue su soberanía invertida —su reino de tinieblas—, sonríe satisfecha.

Coge la varita, se coloca ceremoniosamente en preparación adelante y en el momento en que irrumpen los clarines, corre en *pas bourré* haciendo círculos cada vez más amplios, y a un golpe de timbal ejecuta un *grand jeté en avant* que produce un estruendo de chatarra arrojada desde lo alto. Recupera la posición y se desliza en un sutil *pas de chat*, lentamente, con los ojos entornados, dejándose llevar por la melodía y los recuerdos que despiertan en su memoria, traza sobre el suelo de madera encerada un patético remedo de los pasos trazados en las láminas de Lev Ivanov, y cada movimiento de sus piernas genera un estrépito de ingeniería similar al del corazón desvencijado del gramófono.

Laureano asiste perplejo a la danza del «Hada de Azúcar»: su trasfondo romántico y almibarado se convierte en baile de tinieblas. Por momentos cree estar frente a un buitre con el pico dispuesto a abrir el vientre hasta dar con las tibias entrañas azules; en otros, ante una mariposa geómetra con el abdomen hinchado y tenso, a punto de desovar miles de huevos letales.

Cuando acaba el cuadro, de pie en *tercera* y con los brazos en *cuarta*, Hada Dulce hace una reverencia desencajada ante los desganados aplausos del muchacho. Está agitada: el fuelle de la caja sonora pifia, el circuito de lubricantes de las prótesis, recalentado por el esfuerzo, gotea un aceite denso y dorado que se acumula formando un charco a sus pies.

—¡He bailado! —exclama radiante, con el aliento recuperado a medias—. ¡Todavía estoy a tiempo de ser la mejor bailarina del mundo! —Hada Dulce rompe a llorar, pesados lagrimones le surcan las mejillas. Ahogada por una emoción dichosa, sudando copiosamente, se deja caer en la *chaiselongue* y deja las piernas abiertas, los brazos descansando sobre las rodillas y la varita mágica colgándole de una mano. Jadea, le cuesta hablar y activa la clavija de la bocina—. Acércate —subraya la orden con un ademán—. Ahora bailarás tú, serás el príncipe encantado de *Cascanueces*. —Se levanta, se enjuga el llanto con el dorso de la mano y se acerca al gramófono: vuelve a darle cuerda, le da vuelta al disco—. Yo seré tu público, también la crítica y el jurado. —Se queda mirándolo, pensativa, todavía embargada por la emoción y el jadeo—. Es una pena que no tengas un traje de baile... mañana le pediré a

Marisa que te haga uno, pero mientras tanto, bailarás desnudo, es más cómodo... y más excitante.

El muchacho se estremece. Aun así se desnuda, como antaño lo hacía ante el trozo de espejo careado, pero ahora con marcada lentitud, poseído de un pudor inusual: por primera vez siente que la desnudez, en lugar de hacerlo poderoso, lo vuelve vulnerable. Hada Dulce, mientras tanto, sin dejar de observarlo un solo instante, recorre la estancia bajando la intensidad de las lámparas con finos pañuelos que deja caer sobre las pantallas hasta crear una atmósfera dorada y tersa. Una vez acabada su labor de escenógrafa, se dirige al gramófono, desbloquea el mecanismo y ensarta la aguja en el surco, a la par que le ordena a Laureano con teatral aspaviento:

—¡Baila, Salomé! Baila para mí...

El muchacho intenta ponerse en *preparación adelante* como le vio hacer tantas veces a Hada Dulce, ensaya un simulacro de brazos *en quinta*. La luz cobriza de las lámparas resalta la musculatura dibujada con nitidez bajo su piel, la fuerza y la belleza de una anatomía varonil fascinante por sus formas voluptuosas. Se desplaza en *pas de chat*, procurando recordar los pasos, pero evita verse reflejado en los espejos para no corroborar su indefensión, y rehúye también mirar a Hada Dulce, aunque sea de soslayo, cuya fealdad intuye acentuada por el contraste con su propia desnudez. Luego gira en un *arabesque* trastabillante y la humedad de su piel emite fulgores que no escapan a la mirada atenta de su público, que exclama entusiasmado: «¡Bravo!», y aplaude fragorosamente sus torpes proezas, oprimidas bajo la carga de una mirada lujuriosa que no puede sustraerse a la carne que se desdobla en el espacio luminoso y construye efímeras esculturas de bronce. Hada Dulce siente una pulsión interior irrefrenable que la incita a poseer tanta belleza junta, pues cree que con ella podría mitigar la imagen de su propia fealdad y desolación. Sus ojos son afilados bisturíes dispuestos a despellejar a Laureano para hacerse un traje de piel humana, arrebatarle la esencia y convertirse él mismo en arquetipo de belleza. Su mano aprieta con fuerza la varita mágica, posible instrumento de su deseado latrocinio, en el instante en que la luz se refleja en la estrella y se convierte en un espejo por el que se desplaza una figura desnuda; se pone de pie y sigue a Laureano en *pas-bourré*, invadiendo la estancia con ruidos de ferralla, a traspié de la música, ya de por sí destartalada, y en mitad de un *arabesque* alza la vara mágica y sentencia: «Te convertiré en un príncipe» y la descarga en la espalda del bailarín de donde brota una estela escarlata de sangre. Laureano se detiene y se encoje sobre sí mismo, se vuelve y mira a Hada Dulce desconcertado, suplicante, mientras intenta llegar con las manos a la herida abierta. Balbucea, pero sus palabras son cercenadas por otro golpe certero en el pecho, que igualmente dibuja una media luna profunda y roja.

—¡Serás mi príncipe encantado! —grita, y en ese momento, cuando una ristra de corcheas brota del metalofón, alza los brazos, despliega las alas gigantescas en mortífero abanico, y las plumas negras de gallo sueltan tornasoles de pedrería falsa. De la caja sonora que le cuelga del cuello, acaso descontrolada por las súbitas emociones, brota un chillido hiriente y desgarrador. Uno de los pañuelos de seda se desliza de una lámpara situada detrás de Hada Dulce y cae al suelo: la luz liberada nimba la silueta majestuosa, atraviesa las membranas de las alas y la convierten en aterrador murciélago. Laureano, ovillado a sus pies, llora y se retuerce. Hada Dulce se aproxima sin dejar su estado de trance, fascinado tal vez por el olor de la sangre fresca, con las aletas de la nariz dilatadas. La estrella de cinco puntas ha perdido el brillo bajo el barniz rojizo y espeso: es una centella irrefrenable surcando el aire, buscando abrasar con su fulgor el cuerpo bruñido que compite con ella.

Laureano se arrastra hacia la puerta tratando de escapar, y va dejando tras de sí, sobre el suelo encerado, un rastro de sangre y sudor. Cada tanto vuelve la cabeza e implora una razón con ojos de animal herido.

—El dolor redimirá para siempre tu falta... —le aclara, descifrando la súplica—. Es tan necesario como la dicha... diría que es una forma de conocimiento que te hará más perfecto... Lo sé por experiencia...

Laureano, a pesar del sufrimiento y las lágrimas, alcanza a preguntar con un hilo de voz sobre la naturaleza de su falta. Hada Dulce se le acerca, se acuclilla junto al cuerpo tembloroso y exánime: «Tanta belleza es intolerable... es soberbia...» le explica. Lo agarra por los pies, lo arrastra y vuelve a dejarlo tirado en el medio del salón: «Únicamente yo tengo derecho a semejantes sentimientos, a tanta nobleza; tú no eres más que un bastardo servil que nació muerto, fruto imperfecto, aborto de una criada puta de burdel y un rufián. ¡Soy yo quien detenta el poder en esta casa! No lo olvides nunca: yo soy el amo.»

Laureano se arrastra hacia la *chaiselongue*. La sangre derramada dificulta su camino: hace que sus manos y piernas resbalen impidiéndole avanzar con firmeza. Haciendo un esfuerzo titánico logra aferrase a los bordes, encaramarse a los cojines de seda y tenderse en ella desarticulado por el sufrimiento. Su sangre estampa coágulos rojos en el tapizado de flores de lis blancas. A su lado, siempre de pie, manteniendo en alto la estrella ensangrentada, Hada Dulce se explaya:

—Sé que las sirvientas te desean, que cada una desespera por tenerte entre sus brazos, que no pueden evitar los apetitos que les desata tu presencia y los reprimen con acervo; sé que sueñan contigo y en sus sueños dan rienda suelta a sus inconfesables fantasías..., las observo a menudo mientras duermen: se retuercen como alimañas en celo y pronuncian tu nombre. Pero tú eres de mi propiedad, igual que ellas, que esta casa y todo cuanto existe dentro del perímetro de los muros que acotan mis dominios.

Laureano, desangrándose sobre los mullidos cojines, apenas oye sus palabras, que parecen provenir del ensueño provocado por un veneno ponzoñoso. Hada Dulce, extasiada ante un hilo de sangre que gotea tras filtrarse a través del tapizado y forma un charco bajo la chaiselongue, continúa su discurso:

—Durante mi ausencia instauraste tu propio fuero valiéndote de la ventaja de ser el único hombre: el zángano rodeado de obreras serviles; pero ya es hora de dejar claro quién es la reina de la colmena y quiénes los esclavos.

Laureano reacciona, dilucida la última frase como proveniente de la vigilia y no de la ponzoña de la estrella, entreabre los párpados pegajosos de sangre, y extrayendo fuerzas insospechadas de lo que queda de su humanidad maltrecha, alcanza a proferir débilmente:

—Tú no eres un hombre...

Hada Dulce sonríe y hace un gesto que el muchacho ha visto otras veces, y que sabe, por lo que su madre y las demás criadas le han contado, que es igual al de la señora Iris cuando en silencio maquinaba maldades, y que encierra intenciones ante las que conviene armarse de coraje, o bien bajar la cabeza y disponerla al filo de la espada.

—Te haré una proposición... —dice Hada Dulce. Y se queda esperando una respuesta. Pero Laureano ha vuelto a extraviarse en la bruma del ensueño del que son víctimas quienes se desangran, y solo piensa en un bálsamo para sus heridas. Hada Dulce, ante el silencio, decide continuar—: Sé que todavía tienes escondido lo que me pertenece, y quiero que me lo devuelvas: me lo darás a cambio de la inmunidad de tu madre —es la propuesta que le hace, de pie ante la *chaiselongue*, envuelto en las amplias alas como en una capa—. De no ser así la castigaré... piénsatelo. Ahora las llamaré para que te curen las heridas: ellas harán emplastos y cataplasmas que te aliviarán, pero tu perfección, tu belleza y, por ende, tu poder, se han terminado para siempre —sentencia—, y con ellos también se esfumarán los deseos inconfesables de esas zorras. Mientras tanto, y hasta que decidas devolverme lo que me robaste, te encerraré en el mismo trastero donde estuvo tu madre; allí tendrás tiempo para recapacitar.

Hada Dulce convoca a la servidumbre. Preside la reunión desde un trono improvisado con la vieja silla de ruedas a la que cubrió con rancios paños y pasamanería dorada, abalorios de mostacilla y caireles arrancados de las lámparas. Igual que a su regreso de Europa, va trajeado de negro, con corbata de lazo gris y guantes amarillos; lleva la varita en una mano como un cetro real.

En fila, precedidas por la gobernanta y en orden jerárquico decreciente, las criadas son víctimas de una incontenible agitación, y no dejan de lanzar miradas oblicuas a las vitrinas y mesas donde se ordenan los estuches negros.

Pasa revista y controla el aspecto de cada una de ellas cuando exponen las manos limpias, primero las palmas, luego el dorso. Hada Dulce insiste en la pulcritud de las manos y en particular de las uñas. Luego observa que lleven el pelo estrictamente recogido bajo la cofia blanca, impoluta y almidonada. Exige que los nuevos uniformes negros que sustituyen a los harapos estén impecables, sin manchas, desgarrones, zurcidos ni remiendos. Los delantales de rayas finas grises y negras también los quiere inmaculados y tersos, el calzado bruñido de tal forma, que se refleje la luz a todas horas. No permitirá legañas resecas acumuladas en las comisuras de los ojos, ni otras huellas de sueño o de fatiga, sino caras lozanas que destilen buen humor y felicidad. Las criadas suspiran aliviadas cuando pasan con éxito la revista. Enseguida Hada Dulce les recita sus mandamientos:

—Queda terminantemente prohibida la entrada a las habitaciones superiores sin mi consentimiento. Nadie osará poner los pies en los antiguos aposentos de Alba Licornia, ni siquiera para limpiar: quedarán clausurados para siempre como testimonio de su pureza y hermosura. Quiero que cada semana se sieguen los cardos y se quemen. No permitiré la presencia de una sola polilla o mariposa nocturna en la casa. Las comidas a su hora exacta, ni un minuto más ni uno menos...

Laura asiente a todas sus órdenes en silencio, con una ligera inclinación de cabeza. Él continúa:

—Que nadie, excepto la gobernanta, se acerque al cobertizo donde vivirá el bastardo cuando acabe su castigo, que nadie le dirija la palabra, ni lo toque, tampoco quiero que se hable de él ni se lo evoque en sueños... —se pasea con la silla de ruedas-trono de un extremo a otro de la fila, dando golpes en la palma de la mano con la estrella de la varita de plano, sin dejar de escrutar las reacciones en los ojos de las sirvientas, que los bajan al suelo arredradas—. Y ahora —agrega—, voy a mostraros mis instrumentos e indicaros cómo tenéis que mantenerlos limpios, lubricados y brillantes.

Un ligero rumor se extiende por la habitación: los uniformes vibran imperceptiblemente sobre las carnes trémulas, quebrantan la rigidez del almidón. Hada Dulce se dirige a las mesas y va abriendo los estuches uno a uno. Del interior escapan fulgores metálicos azulados. Va sacando los instrumentos y enfilándolos sobre la mesa, ante los ojos atónitos de las sirvientas. Belinda no puede contenerse y se orina copiosamente, de pie, sin inmutarse. El señorito oye el rumor del líquido y se vuelve, clava la mirada en el charco ambarino y sonríe victorioso. Sigue extrayendo instrumentos agudos, afilados, brillantes como la plata recién pulida. Explica:

—Este —y exhibe unas pinzas estrechas y largas— permite extraer la masa encefálica sin dañar las fosas nasales. —

Vuelve a dejarlo sobre la mesa y coge otro: una especie de cilindro con mango en cuyo interior hueco alberga una fina cuchilla—: Con este se extraen láminas de piel de apenas unas micras de espesor y es tan preciso que no toca la carne...

Las sirvientas se marean, el vómito les sube a la garganta y algunas se desvanecen y caen al suelo como sacos de patatas. Él sigue su discurso sin prestarles atención, en apariencia ajeno al desconcierto y al pánico:

—Con este se abre el pecho a lo largo —muestra en alto una lanceta—. Y estas pinzas mantienen separados los músculos y el tejido adiposo —y alza dos grandes tenazas de extremos planos y anchos. Sus ojos refulgen como dos ascuas y le tiembla la voz bajo el embriago de una repentina codicia. Son pocas las criadas que quedan en pie, también Laura hace esfuerzos para no desvanecerse, y mira despavorida a las que yacen en el suelo, y a las que pierden toda compostura y gimen o vomitan en los rincones. Hada Dulce acaricia escalpelos, bisturíes, pinzas, garfios, como si se tratara de sus viejas muñecas de porcelana. El labio superior le tiembla sin control y su voz es un sonido ahogado y percutido apenas inteligible. Eleva una sierra en una mano y una lanceta de hoja curvada en la otra, y grita fuera de sí, con el rostro transformado por la ansiedad:

—¡Estos instrumentos me equiparan a Dios!

Las criadas que todavía se mantienen en pie a pesar de la flojera, retroceden espantadas y se hacen cruces.

Hada Dulce recupera cierta laxitud, deja los instrumentos sobre la mesa, recobra el aliento y se baja de la silla-trono.

—Ahora vais a ver lo que puedo hacer con ellos —y se dirige hacia las urnas cubiertas con paños blancos impecables. Ellas rompen a llorar y se cubren la cara—. ¡Quitaos las manos de los ojos! ¡Mirad, perras! —y va destapando las urnas con un frenesí enfermizo, alocado, corriendo de una a otra y arrojando al aire los paños.

Las pocas criadas que conservan algo de entereza arrastran de los pies a las que yacen desmayadas, y huyen despavoridas con ellas.

Cuando Laura está a punto de traspasar el vano llevando a Águeda cogida por los tobillos, arrastrándola como un fardo, oye la última orden:

—¡Tú, quédate!

A pesar de los años y los numerosos achaques, Belinda es la escogida para liberar a Laureano. Hada Dulce expurga el llavero y se cerciora de entregarle la llave adecuada comparando los números y letras de los cartelitos sujetos con una argolla de alambre. Belinda sube a duras penas las escaleras, arrastrando su osamenta artrítica cubierta de carnes temblonas y arrugadas, con el alma oprimida por una pesadumbre que apenas le deja respirar. Sin resuello, llega a la buhardilla, abre la puerta, y sin atreverse a mirarlo a la cara, le comunica a Laureano que tiene órdenes estrictas del señorito de conducirlo a sus aposentos de inmediato. El muchacho detecta en la voz mustia de la anciana la turbulencia de un presagio:

—Algo ocurre, ¿verdad?

—Nada... que yo sepa, todo sigue igual... —le miente con las palabras, porque en los ojos acuosos, que mantiene fijos en el suelo, se refleja una verdad tajante.

Las alas cobran una tonalidad ambarina con la luz intensa que atraviesa los losanges del ventanal a sus espaldas; Hada Dulce es un ángel nimbado, tenebroso y colosal en lo alto de sus prótesis recién pulidas y lubricadas las férulas con aceite de petróleo. Lleva los párpados coloreados de azul intenso, las mejillas empolvadas y en los labios un toque de carmín, como cuando de niña la vieja gobernanta la embellecía con el maquillaje de su madre. Los largos tirabuzones retintos, recuperados del estuche de madera, los lleva sujetos con horquillas a los lados de la cabeza, y cada vez que le caen en desorden sobre los ojos los aparta con un resoplido vertical que ensaya adelantando el labio inferior. Regula la clavija de la caja sonora para dulcificar la voz:

—Ven —invita a Laureano—, vamos a la sala de mis muñecos, allí bailaré para ti como nunca lo hice: con la gracilidad de una mariposa, con la precisión de un mecanismo de relojería. Seré para ti la María Taglioni, la mismísima Carlota Grisi...

Los muñecos humanos tienen la mirada ausente o extraviada en los meandros de la penumbra, y parecen contemplarlo todo con un rictus neutro de abulia a través de la transparencia de los fanales en cuyo interior se alzan hieráticos, anclados a las peanas con tornillos y ménsulas que atraviesan sus huesos, soportando inverosímiles y forzadas posturas. Parecen reaccionar y cobrar vida cuando la puerta se abre dando paso a Hada Dulce y al muchacho, pero en realidad es un artificio de la luz, que al incidir sobre los globos oculares de cristal prístino, producen reflejos inquietantes.

—El paso siguiente será dotarlos de movimientos que parezcan reales y de voz —explica—. Que desaparezca el artificio y hacer de ellos criaturas vivas y hermosas... Sabes que, como mi madre, adoro la belleza: sin ella no podría vivir. Te enseñaré una cosa, acércate —le indica una caja, la abre y extrae un brazo mecánico; le señala unos cordones de colores diversos que asoman por el extremo de un húmero de cobre hueco, escoge el rojo y tira de él con suavidad: el dedo índice se mueve; luego acciona el cordel amarillo y el pulgar se repliega; luego hace lo mismo con los colores restantes y articula los demás dedos—. ¿No es perfecto, acaso? —y ríe satisfecho.

Hada Dulce permanece extasiado, tirando una y otra vez de los cordeles, observando cómo la mano abre y cierra los dedos con un sonido seco. La voz del muchacho lo vuelve a la realidad:

—He traído lo tuyo. Espero que cumplas lo pactado.

Hada Dulce duda antes de volver a guardar el brazo artificial en la caja y sonreír complacido. Laureano saca de entre sus ropas el frasco de vidrio y se lo extiende. Al verlo, Hada Dulce trastoca su habitual mueca de amargura por otra de avaricia de usurero. Coge el frasco con ambas manos, con delicadeza, y se lo acerca a los ojos mirando más allá del líquido donde descansa el jirón de virilidad amputado por la base, y rememora con melancolía:

—Lo perdí en un accidente, cuando era apenas una criatura entre mantillas; la vieja gobernanta, que tanto me quiso y era diestra con sus agujas, tendría que habérmelo reimplantado, pero la muy cerda prefirió conservarlo en este frasco como una reliquia... Luego, tú, bastardo, se lo robaste y lo mantuviste oculto durante todos estos años, como si fueras su legítimo dueño; pensabas que teniéndolo en tu poder podrías mantenerme sojuzgado a tus veleidades y a las de tu madre. Tal vez no sea demasiado tarde: hay cirujanos en el extranjero, técnicas e instrumental..., mi propio maestro, mi queridísimo Doctor Von Himhler podría hacerlo...

—Te equivocas... no fue así...

Por primera vez aparta los ojos del frasco, los entorna con cierta displicencia, y se interroga con incredulidad sobre el origen de las palabras que acaba de oír. Laureano continúa:

—La gobernanta te castró al nacer para devolverle a su hijo el miembro que la lujuria de tu madre había cercenado de raíz. Los años que Asrael permaneció encerrado lo usufructuó: fue él quien disfrutó de tu virilidad... hasta que alguien se lo arrancó con un objeto cortante...

—¡Mientes! ¡Estás loco! —deja el frasco encima de un velador y se abalanza sobre el muchacho con la varita mágica en alto. De pronto se detiene, se vuelve y regresa junto al velador: escudriña una vez más el interior del frasco, lo observa desde todos los ángulos y duda. Laureano prosigue:

—Este que tienes delante, es el miembro primitivo de tu verdadero padre, de Asrael. Salió como un vómito del vientre de tu madre días antes de salir tú... tu propia verga, aquella debilucha y pálida con la que naciste, lleva tiempo enterrada a dos palmos por debajo de los cardos del jardín, muy cerca de mi tumba... si no me crees, te sugiero que se lo preguntes a cualquiera de las criadas, o a mi madre...

Hada Dulce se vuelve mostrando un gesto de inabarcable sarcasmo:

—¿A quién...?

Laureano repite el consejo, seguro de su victoria inminente, pero ante la firmeza y superioridad reflejadas en el talante de su enemigo, su mente se extravía en brumosas dudas:

—¿No le harás daño...? —su voz pierde firmeza hasta hacerse un murmullo, se fragmenta, desaparece.

Hada Dulce estalla en carcajadas, se yergue envalentonada y despliega las alas con estruendosos ruidos de bisagras:

—¿Tu madre? La perra quieta y muda, querrás decir —y vuelve a coger el frasco y a centrar en él su atención.

Laureano vacila entre la ira, la confusión y la súplica; tantos sentimientos contradictorios juntos lo bloquean:

—Te he preguntado por mi madre.

—Oh, sí, puedes estar tranquilo por ella... ya no volverá a sufrir.

El muchacho siente que la inquietud se acrecienta en su corazón, que la sangre se le agolpa en las venas a punto de estallar, que la angustia le ciñe la garganta como un cepo. Hada Dulce prosigue:

—Está muy hermosa ahora, muy tranquila... —señala con el índice afilado hacia el rincón donde descansa un fanal cubierto con un paño blanco—. Es testigo silencioso y discreto de cuanto ocurre en esta sala. Descúbrela...

El muchacho no da crédito a lo que oye, no sabe si obedecer a las palabras de Hada Dulce o a sus propios deseos, demasiado confusos, asidos frágilmente al borde de los sueños, en el límite entre estos y la demencia. Se acerca a la urna y duda antes de retirar la tela.

—¡Descúbrela! —oye a sus espaldas. La orden tiene algo de fascinación que lo doblega: un extraño poder hipnótico que le sustrae la voluntad. Temblando, con índice y pulgar coge un extremo del paño y lo levanta lentamente. Sus movimientos son lentos, demasiado lentos, pues lo que está sucediendo se desarrolla en el plano onírico en el que navega desde que entró a ese cuarto, pero a pesar de la lentitud, todo es vértigo luminoso, cegador en el instante que vislumbra unas piernas sonrosadas y tersas al otro lado del cristal inmaculado.

—Tiene unos ojos preciosos... y ya se sabe que los ojos son espejo del alma... —es la voz de Hada Dulce, la ponzoña sonora que lo envuelve en la niebla, que le impide moverse con soltura y le produce visiones distorsionadas y espejismos.

Cierra los ojos con fuerza para evadirlos, hace un esfuerzo sobrehumano y quita el paño: ve nubes envolventes, remansos de blancura que prometen un descanso infinito, la laxitud deseada; y más allá del velo nacarado de irrealidad —rígida sobre el pedestal y en actitud de humilde pleitesía, desnuda y con el cuerpo incrustado de ojos de muñeca: verdes en las palmas de las manos que se extienden suplicantes, pardos en los pezones, más claros en un círculo alrededor de la cintura, uno enorme y azul celeste engarzado en el ombligo—, está su querida madre engalanada.

—Podrás ver hasta el último rincón de su alma... —ríe Hada Dulce.

Laureano no responde: junto a la urna yace en el suelo sin sentido. Hada Dulce continúa riendo: el diapasón de sus carcajadas produce unas vibraciones tan agudas que hieren los tímpanos del muchacho y lo vuelven en sí. Abre los ojos iluminados por un fulgor extraño y afilado. Hada Dulce detecta en ese brillo el odio en el mayor estado de pureza, y congela su risa en una mueca defensiva:

—Soy como Dios... —tartamudea, afectado por el incontrolable temblor en el labio—. No lo olvides. —Retrocede con torpeza y repliega las alas enormes a los lados del cuerpo envolviéndose en ellas como una mantis derrotada.

Laureano se incorpora, sus ojos continúan siendo dos ascuas, su cuerpo se agiganta extrayendo una inusitada fuerza del magma de su odio, se abalanza sobre Hada Dulce y le arrebata la vara con la estrella. Hada Dulce trastabilla sobre las prótesis: la mecánica no responde a su voluntad desconcertada, pierde el equilibrio y cae de espaldas. Laureano alza la vara mágica en alto y le asesta un golpe certero entre las piernas, justo donde se aloja el costurón reseco. Un aullido perfora la tarde y Hada Dulce se encoge sobre sí misma como un gusano cercenado, se lleva ambas manos a la herida para contener el manantial de sangre por el que se le escapa el ánima y se retuerce chapoteando en el líquido viscoso. Laureano, sin dejar la vara cuya estrella adquirió el color púrpura de los ocasos, se dirige hacia el velador donde dejó el frasco, lo coge en alto con la mano libre, como quien esgrime un trofeo de caza, y lanza un grito victorioso. Hada Dulce suplica alzando una mano indefensa y ensangrentada al vacío, implora con una voz de muñeca desgarrada por el fallo repentino del mecanismo sonoro, se arrastra e intenta ponerse en pie para salvar su bien más preciado, pero resbala en su propia sangre y se desploma. Laureano deja caer el frasco desde lo alto: un penetrante olor a alcohol fino se esparce por la estancia: en un charco ambarino yace rodeado de añicos cortantes, el despojo viril.

Laureano se agacha ante el cuerpo de Hada Dulce y le comprueba el pulso.

—Ha muerto, la muy zorra... —sonríe satisfecho. Enseguida, le quita el traje de Hada de Azúcar y también las llaves de los renegridos estuches.

Antes de abandonar definitivamente la habitación, se vuelve y contempla la figura desnuda en el suelo: un pájaro enclenque y desplumado caído del nido, embutido en dos piernas de hierro. No ve que los párpados de Hada Dulce tiemblan imperceptiblemente.

Con la ayuda de las sirvientas Laureano se tiñe de negro el cabello previamente cortado, y lo fija con tragacanto de Persia hasta obtener una coraza sólida, se pone el traje negro y el lazo gris de seda al cuello, los guantes amarillos, las polainas. Conforme con la imagen que le devuelve el espejo, pide las llaves a Belinda y se dispone a reconocer esa misma noche sus dominios.

Por primera vez evalúa la verdadera dimensión de la casa, las riquezas que encierra: los innumerables muebles y objetos artísticos cuya belleza no alcanza a comprender cabalmente, pero intuye de alto valor. Las habitaciones de Alba Licornia, a pesar del espeso sudario de polvo, lo deslumbran por su exquisito gusto de sabor oriental, también el lujo de las tapicerías de Damasco, el primoroso relieve de las tallas de querubines que coronan el tálamo, el albor trémulo de las figuras de mármol refugiadas en las hornacinas rematadas en concha. Luego entra en la biblioteca donde jamás había puesto los pies, ni siquiera de la mano de Elisa, y se siente empequeñecido ante las inmensas estanterías de roble que rozan los techos; con la punta de los dedos acaricia los lomos de los libros ricamente encuadernados, y arrastra adherido a las yemas el oro de las letras.

La vitrina que encierra los apuntes del señor, abiertos al azar, mostrando algunos de los diseños de los autómatas, atrae su atención: prueba las llaves diminutas del llavero hasta dar con la adecuada. Examina con incredulidad los cuadernos de hojas amarillentas cuya caligrafía se le antoja regueros de insectos, descubre numerosos esquemas y planos detallados de la casa, y en uno de ellos una cruz roja señalando algo en los altos, cerca del palomar del ala oeste por donde jamás se aventuró en sus correrías infantiles.

Con el cuaderno como guía, se interna en el ala Oeste y a poco de andar encuentra un itinerario trazado a lo largo de las buhardillas por anteriores huellas, entre las que se confunden las de la gobernanta, las de su madre, las de Blanca y las que él mismo va dejando. Aprovecha la exigua luz de la luna que se filtra cada tanto por un lucernario, y escudriña los planos con intención de hallar el lugar señalado con la cruz. Después de innumerables tránsitos, de andar y desandar laberintos penumbrosos y polvorientos, tapizados de excrementos de murciélagos y ratas, decepcionado, está a punto de volver sobre sus pasos cuando repara en unas pisadas menudas y confusas que se interrumpen ante una pared. Pega la cara a las junturas de las tablas y advierte que el muro es hueco. No tarda en ver, justo encima de su cabeza, la ménsula que no sostiene nada en particular, y la aferra con fuerza: ante sus ojos se abre una portezuela dejando expedito un recinto en cuyo fondo hay una caja de grandes dimensiones rodeada de autómatas, aunque frágiles por el paso del tiempo, intactos al poder devastador de las alimañas y polillas. Decidido, penetra en el cubil, les da cuerda y comprueba embelesado que muchos de ellos funcionan. Se abstrae con una sonrisa boba en los labios ante ese remedo en miniatura del mundo donde cada hombre ejecuta invariables, monótonas acciones sin sentido aparente. «Es como la vida», piensa. Más al fondo distingue otros autómatas, aparta el velo de telarañas que los cubre y ve rostros que le son familiares: con espanto, repara en el horror de cada uno: el mismo horror que paralizó a Blanca en su día, cuando se vio a ella misma emparedada y cubierta de gusanos, y también el final de las demás criadas representado con viva crudeza: Laura incrustada de ojos dentro del fanal; la vieja gobernanta con el rostro amoratado por la asfixia; Josefa en el ataúd rodeada de flores negras; Belinda amortajada con élitros de cucaracha; Águeda, reseca y retorcida, sorprendida por la Parca junto al estanque, con medio cuerpo dentro del agua; Octavia, desplomada cerca del fogón, cubierta de horribles quemaduras; Elisa, consumida en la mecedora con un libro abierto en las manos... Con la sensación de estar flotando entre nubes, Laureano decide abrir las puertas abatibles de la caja cuyos lados interiores representan las paredes de la habitación de Hada Dulce, reproducida fielmente en todos sus detalles, con sus muebles, objetos preciosos y armarios repletos de vestidos y muñecas. En una esquina descubre una cuerda disimulada bajo el faldón de una mesita y tira de ella: en primer lugar oye sonidos que dan la sensación de estar acomodando y poniendo a punto mecanismos ocultos; en seguida oye el repicar inconfundible de una caja de música cuya melodía conoce hasta la saciedad: *Cascanueces*. En sincronía con un compás determinado, se abre una portezuela en el fondo y por ella aparece un autómata. El muchacho se paraliza: es Hada Dulce, con su traje de bailarina oscura, con las alas de murciélago abiertas, que se coloca en *preparación adelante* y comienza a bailar: siguiendo el ritmo con su varita mágica, de puntillas sobre las prótesis relumbrantes, ejecuta una tras otra las cinco posiciones de brazos y de piernas.

El cuadro termina, el autómata se paraliza, pero otros resortes abren nuevas puertas disimuladas en el fondo que muestran escenarios secundarios poblados de nuevos autómatas, escenas de menor tamaño, pero igualmente reveladoras cuando empiezan a moverse: allí están la señora Iris y Asrael copulando en la bodega: él tiene un pene enorme pintado de rojo amoratado, y cada vez que lo introduce en la vulva carnosa coronada de estopa, dos grandes testículos se agitan como badajos; los pechos de la señora, enormes y esféricos, tienen un barniz blanco azulado y palpitan bajo las manos de Asrael. Una dicha abrillantada y grotesca embarga las caras de cartón-piedra, y hacen rítmicas muecas poniendo los ojos en blanco, cuando unen y separan en cada embestida sus lenguas hechas de trapo. En otro escenario, activado cuando se paraliza el anterior, Laureano ve a la gobernanta en su cuarto, que se inclina sobre una cuna con unas enormes tijeras en una mano, amputa el falo desmesurado de una criatura raquítica que se convulsiona, y lo alza en alto, chorreante de sangre, mientras ríe con carcajadas de gramófono.

Cuando todos los mecanismos de relojería parecen haberse extinguido y las puertas se abaten, una última trampilla se abre con estrépito y da paso a un muñeco rubio vestido de príncipe que hace una reverencia teatral. Nuevas ruedas engranan en otras, hacen girar un cilindro sonoro con las notas de la «Danza del Hada de Azúcar», y el muñeco ejecuta con magistral precisión y gracejo los pasos de la coreografía de Lev Ivanov, incluido el *pas de chat* que dibujó la señora Iris con sus propias manos.

Conmocionado por lo que acaba de ver, dudando si el macabro espectáculo ha tocado a su fin, Laureano corrobora lo que siempre creyó fantasías de Octavia cuando esta le confiaba ciertos secretos de los antiguos señores, y descubre las razones que movieron al señor a ocultar los autómatas antes de morir: en sus delirios, producidos por las invariables tisanas venenosas que le administraba su esposa, tuvo la visión profética del destino reservado a los habitantes de la casa incluidos los de su propia estirpe, y la plasmó en los autómatas convencido de lograr con ellos un remedo que confundiera a la fatalidad y la distrajera de su verdadero cometido. Aquel cuarto secreto en el que confinó sus remedos humanos, pretendió ser custodia de un exorcismo liberador cuya magia no había surtido efecto.

Laureano cierra las trampillas dispuesto a regresar a las cocinas, y no advierte que detrás suyo un complejo mecanismo de cordeles, poleas y contrapesos suelta amarras y descorre la cortina negra de un lucernario que deja pasar un haz de luna que se estampa de lleno sobre un inmenso retrato colgado en lo alto, por encima de la caja de los autómatas: una joven de blancura transparente, con un traje de encaje rojo que resalta una belleza ambigua y deja entrever el furor silente de una amazona, se acoda con indolencia en una columnata en cuyo capitel descansa un ramo de rosas encarnadas, que compiten en tersura y tornasoles con el atuendo. Laureano no puede evitar lanzar una exclamación, el corazón se le comprime y enmudece: jamás, de las numerosas muchachas que poseyó, ninguna fue tan bella y enigmática.

Ya de regreso, inmerso en una atmósfera de éxtasis y sin poder apartar la visión que lo transporta más allá de lo terreno, Laureano desciende las escaleras con la consciencia de ser poseedor del mayor de los arcanos: la imagen de Alba Licornia, viva en sus retinas y en su corazón. En el último tramo de escaleras, absorto como va, no oye un aullido furioso ni ve un destello metálico: una ráfaga de plata que lo sorprende, una estrella asesina que se le hunde en la coronilla sin dolor alguno y lo sumerge en una negrura donde se pierde para siempre la figura de Alba Licornia.

Todavía con un rictus de beatitud en los labios, Laureano yace en el suelo, a los pies de Hada Dulce, en cuya mano la estrella asesina se convulsiona.

Junto al estanque del ángel decapitado se pudre la cruz de palo que señalaba una muerte falsa; en el fondo del agua, entre el cieno espeso, de lo que fue una corona de flores hechas con miga de pan, únicamente queda un círculo deforme de alambre oxidado y ojos de muñeca dispersos como testimonio de un deseo jamás cumplido. Las malezas y zarzas sustituyen a los cardos cuyas corolas violáceas se alzaron desafiantes al cielo y cubrieron cada otoño con sus vilanos plumosos la extensión de la finca. En las cocinas, entre el fragor de los caldos borbollando en las perolas y vapores olorosos a verduras, las sirvientas se afanan: van de un lado a otro, pican cebollas, ajos y pimientos, despluman pulardas, pollos, faisanes y pavos, trocean las carnes y las barnizan con dorados aliños, trituran frutos secos, baten huevos y claras a punto de nieve, amasan con los brazos cubiertos de harina, parlotean como cotorras, a gritos, tanto, que apenas oyen la música de *Cascanueces* que suena desafinada y a todo volumen en lo alto de la casa. No ignoran, pero fingen hacerlo, que dos plantas por encima, en los lujosos y exóticos aposentos de Alba Licornia, mientras Laura mecánicamente se abanica recostada en la *chaiselongue* y con la vista de sus numerosos ojos de vidrio perdida en los objetos preciosos que la rodean, rayos de sol penetran por los losanges de la habitación contigua y otorgan tintes multicolores al cuerpo desnudo y rígido del muchacho de los rizos de oro, que yace sobre el mármol blanco y helado. Hada Dulce, la niña caprichosa, la bailarina clásica cuyo amor a la belleza no conoce límites, no deja de llorar en silencio, de verter amargas lágrimas de dolor: sacrificó su amor en aras del *Amor*, y la belleza efímera para hacerla inmortal. Se pone la bata blanca cubierta de manchas de sangre endurecidas y dispone los instrumentos de acero en una mesilla auxiliar, coge el gancho de extraer cerebros y lo introduce por las fosas nasales hasta dejar limpia la cavidad craneal de Laureano. «Mi hermoso niño rubio... nadie podrá cambiar el curso de nuestros sentimientos, este torrente cristalino de amor que circula por nuestras venas...», murmura a la par que se sorbe los mocos y se los limpia con la manga. Con unas tenazas extrae la hoja de cuchillo incrustada en la confluencia de los dos parietales y el occipital, obtura con cera el hueco y lo disimula pegándole bucles de estopa rubia: «así estarás más guapo, mi príncipe», le dice mientras le acaricia las mejillas coloreadas con polvos de arroz. A continuación dispone atanores y retortas para preparar los líquidos y elixires que prolongan la lozanía de la piel volviéndola tersa y brillante. Mientras los alambiques destilan gotas de un verde amarillento, rellena el espacio donde estuvieron las vísceras con estopa, algodón y hierbas silvestres olorosas; horada por un lado, taladra, introduce armazones y haces de cables; secciona, corta, añade tejido aquí y allá, da forma y cose con maestría. Al poco se fatiga, posterga la clausura del tórax, y pasa a proyectar sobre un papel el mecanismo que dará movimiento a los ojos, también dibuja el vástago articulado que soportará el peso del cuerpo, elucubra el perfil de las piezas que moverán las rótulas, calibra el espesor de las membranas que harán surgir la voz de la garganta, traza los patrones del falo de cuero, que rellenará con serrín prensado, y los de un escroto de gamuza en cuyo interior colocará dos bolas de goma. Le habla, en voz alta murmura terneces a Laureano, mientras desliza el lápiz:

—Eres mío para siempre, niño rubio, joya del cobertizo, tal y como me prometiste aquella noche, cuando el zepelín fue testigo mudo de nuestro amor... ahora somos marido y mujer... —Los dibujos se emborronan bajo las pesadas lágrimas que empapan las cuartillas. Y uno, y dos, y tres, *arabesque* y *battement*...— siente un apetito voraz, se acerca al timbre y lo pulsa una y otra vez. Mientras espera que suban las sirvientas, para distraer el hambre que le produce espasmos en el vientre, se pone el traje de «Hada de Azúcar» y baila la coreografía de Lev Ivanov con los pies embutidos en los coturnos de acero y baquelita, y acompaña el ritmo de la melodía balanceando en lo alto la varita mágica a la que le falta una punta.

Abajo, en las cocinas, algunas sirvientas, acaso por su proximidad a la vejez, esconden un anhelo irrealizable, prohibido, que les provoca sueños vergonzosos en cuyas imágenes sostienen entre los brazos una gavilla de oro. Octavia experimenta la tranquilidad de espíritu propia de quien sabe próximo al fin de los tormentos, pues esa mañana tuvo dificultades para encender las hornallas y en el humo espeso y demasiado negro vio con nitidez una silueta inconfundible. Josefa sueña que algún día podrá volver a cultivar rosas *Butterfly*, magnolias, aquileas, glicinas, hierbas aromáticas, en un jardín de té esplendoroso. Águeda y Marisa se entregan plenamente a la cocina ensayando exóticos platos cuyas recetas encontraron en la gaveta de un viejo armario, y tienen de pinche a Elisa quien, con aire ausente y resignación de autómata voluntarioso, ejecuta las tareas asignadas y no puede evitar repetir en su cabeza una letanía perversa grabada en su cerebro como un disco rayado, la dedicatoria hallada en el álbum de estampas galantes, que jamás olvidará y cuyo secreto juró llevarse a la tumba el mismo día en que lo descubrió: *«Querida Alba Licornia, cada noche, estas viñetas nos abrirán las puertas al paraíso; tú y yo, putita mía, seremos carne en una carne...»*

San Agustín del Guadalix, 1994-98